KB118089

두부를 구우면 겨울이 온다
한여진 시집

문학동네시인선 201 한여진

두부를 구우면 겨울이 온다

시인의 말

이 시들을 엮는 동안 여러 번의 겨울이 왔다 갔고
살아 있는 사람들의 이야기를 듣다 자주 졸았는데
가끔은 이대로 계속 잠들어도 좋겠다 싶은 밤이 있었다.

2023년 10월
한여진

차례

2부 열두 장의 흰 종이

3부 조용하고 둥글게

1부

이상한 하루에 대해 쓰고 있다

솥

마당엔 어른들이 모여 있다 걱정스러운 얼굴로 솥을 들여다본다 솥은 우리 가문의 자랑 큰할머니와 할머니와 엄마는 솥에서 태어났다 이모는 솥뚜껑에 맞아 죽었다 언니는 솥 아래서 불타 연기가 되었다 남아 있는 사람들은 계속해서 솥에 누군가를 넣고 누군가를 꺼내며 누군가는 솥을 걱정한다 솥에 들어갈 사람이 점점 부족해 누군가 내게 너는 주워 온 게 분명하다고 한다

검은 솥을 들여다보면 아무리 채워도 넘치지 않는 검은 물이 있다 그 속엔 대체 무엇이 있길래 솥은 한없이 검은가 나는 알 수 없는 것에 대해선 쓰지 않는다 솥이 없는 하루에 대해 쓴다 솥에서 유래하지 않은 것들에 대해 쓴다 마당을 둘러싼 담장 밖에 대해 쓴다 큰할머니와 할머니와 엄마와 이모와 언니가 아닌 것들에 대해 쓴다

계속 쓴다고 되니

죽은 줄 알았던 언니가 늙은 배롱나무를 들여다본다 나무 아래 고양이가 죽은 제 새끼를 핥고 있다 언니는 죽기에 너무 아까운 미소를 짓고 있다 살아 있는 고양이는 이미 죽은 얼굴을 하고 있다 누군가가 이제 그만 솥을 치우자고 한다 그는 이제 곧 붙잡혀 솥에 들어갈 것이다 이런 것들에 대해

쓰지 못한다 나는 솥에서 태어나 솥을 맴돌며 솥으로 돌아갈 사람이고 솥밖에 모르는 사람이고 솥이 없으면 아무것도 쓸 수 없는 사람이고 결국 백지에 불을 붙여 솥에 던져 넣게 될 사람이다 마당이 연기로 가득해 경보 소리가 울리고 어른들이 도망가면 그 뒷모습을 지켜보게 될 사람이다 나는 솥의 자랑일 것이다

테니스

서울숲 벤치에 앉아 있었다

꿈과 산책 중
뭐가 먼저였는지는 잘 모르겠다

숲길을 걷고 있었고
축축한 풀들이 발목을 스치자
더 깊은 곳으로 들어갔을 뿐인데

눈을 떴을 땐 발치에
작고 노란 공 하나가 굴러와 있었다

라켓을 든 누군가가 다가와 손을 내밀자
낡고 느슨한 격자무늬 사이로 바람이 불고

테니스장 뒤편에 있는
상수리나무가 넘어졌다

머리카락이 날리고
서울숲이 앙상해지고

코트 바닥이 흘러내리고
사이다 병이 깨졌다

눈을 감았다 다시 떴을 때

그는 아직 손을 내밀고 있었다

여러 개의 네트와
테니스를 치는 사람들 사이로
노란 공들이 날아왔다 날아간다

통 통 통 통

리듬이 생기고 재채기가 튀어나오고
청설모가 지나가고 공들이 멀리 날아가고

사람들이 공을 주우러 뛰어갔다 뛰어오고
사람들이 소리 높여 웃고

여기는 서울숲 제1테니스장
아니면 꿈속

순간 모든 것들이 멈추고
수십 개의 노란 공들이 한꺼번에 발치로 날아온다

미선 언니

언니는 발이 참 작아요
미선 언니도 그랬어요

동생들은 나와 미선 언니를 자주 헷갈리고
우리 참 닮았다고들 하는데
본 적도 없는 언니는 지금 어디에 있어?

언니가 찾아 떠났다는 그것은
아마도 사랑 아마도 평화
노인들이 한 계절 내내 수놓은 꽃 자수 이불처럼
자비가 넘치고 애정이 흐르는 곳에 언니는

사방이 어두운 이곳과는 분명 다른 곳
자, 이제 그만 자야지 내일도 눈떠야 해

허름한 작은 방으로 돌아온 우리들은
먹고 자고 계속 살았다는 그렇고 그런 이야기들
미선 언니도 언젠간 다 그랬을 것이다

얇은 벽에 기척을 들키지 않으려고
자꾸만 이불 안으로 움츠러들었겠지

몸은 자꾸만 넘치려 하고 터지려 하고

그러니 뭐라도 막으면 좀더 살 만하지 않겠냐며
어떤 날은 귀를 막고 어떤 날은 입을 막고

사람 사는 꼴이 뭔지
왜 아무도 알려주지 않는 걸까

문틈이 닳고 닳은 꼴을 지켜보다 상상한다
방문을 걷어차는 미선 언니의 앙다문 입을

닳고 닳은 내가 대신 방문을 걷어차면
언니 괜찮아요?

　동생들아 미안해 이런 언니라서 미선 언니라면 달랐을까
구멍난 장판의 무늬를 노려보다가 이런 것들을 짐작해본다
　눌려 죽은 벌레와 담뱃재 모두가 나눠 썼을 미선 언니의
선크림과 생리대 그리고 처음으로 해외여행 가서 사왔다던
부적과 처음으로 했다던 투표
　어땠어요 언니? 망했지 망했어 그래서 우리가 이 모양 아
니냐

　망한 느낌이 언제나 우리를 웃게 하지
오르시에르 오르시에르 앙트르몽 앙트르몽*

— 그건 무슨 뜻이에요 언니?
지금쯤 미선 언니가 도착했을 곳
아마도 환대와 아마도 환희로 가득한 곳

밤이 깊어갈수록 하나둘 숨소리는 가라앉고
나는 또 미선 언니를 생각한다 습관처럼 나의 언니를

키는 작았을 것이다 눈물점이 있었을 것이다
모든 단어의 두번째나 세번째 음절에서 새는 소리가 났
을 것이다
손톱과 연필을 물어뜯었을 것이다

정작 물어뜯을 것은 따로 있는데 말야, 바보 등신아

누군가 잠결에 끙끙거린다
가서는 안 될 곳에 가서
봐서는 안 될 것을 본 것처럼

괜찮아? 주먹으로 벽을 텅텅 두드려보지만
미선 언니는 오늘밤도 돌아오지 않을 것이다

무슨 일이 일어난 걸까
미선 언니에게 우리에게
—

넘어지고 일어나 몇 걸음 걷다 그제야 울음을 터뜨리는 꼬
마의 마음이 벌써부터 기억나지 않는다

언젠가 어느 땐가 우리를 잘 모르는 사람들이 모여 있는
자리에서 침묵을 깨고 진실을 말해야 할 때가 있을 거다 대
체 무슨 말을 해야 너무 착하지도 너무 나쁘지도 않은 적당
한 사람이 되는 걸까 그런 건 없고

있다면 오르시에르 오르시에르

혹시 누가 너에게 돌을 던지거든 앙트르몽 앙트르몽

다 그만두고 우리 이제
멀리 떠나자는 뜻이다

* 오르시에르는 스위스 앙트르몽 지구에 있는 해발 구백 미터의 작
은 지자체이다. 미선 언니는 누군가의 블로그에서 이 도시의 사진
을 발견하고 오래 들여다보았다.

어떤 공동체

양과 함께 살던 그 시절
나는 왠지 살과 뼈와 피가 아니었다는 생각이 든다

양처럼 걷고 잠들며 양이 되길 바랐던 우리
믿지 못하겠지만 그런 어리석은 종교가 있었다

학교에선 양 세는 법을 가르쳤고
우리에겐 각각 번호와 순서가 매겨졌는데

몇몇은 잠들어 평생 깨어나지 않거나
또 몇몇은 양의 탈을 쓰고 도망갔다고 했다

나는 핏기 어린 눈을 뜬 채
낙조로 물든 마을로 돌아왔다

친구를 가려 사귀라는 말에
요새는 친구 없는 게 대세거든요, 하지 않고

엄마가 외국 사람이라 우리말을 못하는 거냐는 말에
원래 태생이 좀 신중한 편이라서요, 하지 않고

너는 보통 여자와 다르다는 말에
보통은 11월에 꽃피는 늑대랍니다, 하지 않고

길 가다 진짜 양을 만나도 함부로 끌어안지 않아서
드디어 양의 미덕을 지니게 되었구나 싶었는데

아프면 뭐라도 그려보는 게 어때요
마음에 도움이 될 거예요

하지만 캔버스 앞에만 서면 좌절했고
언젠가 본 그림 속 목가적인 풍경과 양
나만 바라봐주지 않는 양

아니면 차라리 몸 쓰는 일을 해보는 건 어때요
단순노동은 마음을 편안하게 해준답니다

주머니가 달린 조끼를 입고
목장으로 배달을 갔을 땐

┌─────────────────┐
│ 내용물: 양   │
│ (※폭발 주의)   │
└─────────────────┘

커다랗고 말없던 상자를
헛간 속에 몰래 던졌다

집으로 돌아와 양의 발바닥을 간지럽히는 것들을
생각하며 잠들었을 땐 양의 마음을 보았다

그래서 당신은 언제쯤 한 마리 양이 됩니까, 말을 걸자
붉고 미끄덩한 것이 나를 보며 넌 이제 그만 꿈에서 깨야
지, 했다
눈뜨면 기억은 없고 재채기만 나오는데

캔버스는 백지인 상태로 두는 게 어떨까 싶습니다
어제저녁 양들이 다 타 죽었어요 모든 게 끝장입니다

마을에 남은 여덟 명의 노인들이
울며 좋았던 시절에 대해 말한다

양의 진짜 얼굴은
아무도 모르는 채

바람이 불고 키 작은 잡초들이 흔들리자
온몸이 간지러웠다 벅벅 긁으며
박해란 무엇일까 생각했다

거기 여름

여름에는 슬리퍼 여름에는 슬리퍼 여름 슬리퍼는 여름에만 신을 수 있고 여름 슬리퍼를 신지 않아도 여름은 오지만

그래도 여름 슬리퍼는 꼭 여름에 신기로 하고 여름 슬리퍼를 꺼내기로 한 여름에는 여름 슬리퍼를 신고 강원도로

여름에는 강원도 여름에는 강원도 여름으로 가득찬 강원도를 보러 여름에는 강원도로 여름이 아닌 강원도도 더할 나위 없지만 그래도 여름에는 여름으로 가득찬 강원도에 가서

능소화를 여름에는 능소화 여름에는 능소화 여름에는 능소화 말고도 많지만 여름 능소화는 여름에만 있으니까 여름에는 담벼락에 조용히 붙어 햇살을 닮아가는 능소화를

그러다 능소화 떨어지고 강원도에 폭우 시작되고 슬리퍼에 발 걸려 넘어지는 날에는 여름이 달아나고 여름이 저멀리 달아나는 여름이고 여름이 여름을 따라잡지 못해 뒤처지는 여름이고 그런 여름이 뒤돌아서서

거기 있으라고 따라오지 말라고 말하며 다시 멀리 가버리는 여름

추자도에서

너는 추자도에 앞으로도 며칠은 더 있어야 한다고 말했다 영화를 찍는 중이라고 했다 내용도 없고 사람도 없고 바다만 가득 나오는 영화라고 했다 추자도가 어디에 있는지도 모르는 나는 그렇다면 바다 구경은 실컷 할 수 있겠네, 말했고 너는 바다 구경이라면 아주 원 없이 하고 있다고, 여기는 바다가 너무 많다고, 새벽 바다, 아침이 시작될 무렵의 바다, 파도치는 바다, 바람 부는 바다, 통통배들이 하나둘 돌아오는 바다, 뱃사람들 뒷모습으로 가득한 바다, 횟집 수족관 너머로 보이는 바다, 깊은 밤 한 치 앞도 안 보이는 바다, 바다가 너무 많아서 지겨워 죽을 것만 같다고, 어쩜 이렇게 매 순간의 바다가 다 다를까, 처음에는 무슨 말인지 몰랐던 것을 이제는 알 것 같다고 말했다 추자도가 어디에 있는지도 모르는 나는 섬을 떠나면 꼭 다시 이곳으로 돌아오라고 꼭 다시 만나서 추자도에서 보낸 날들에 대해 들려달라고 그때가 되면 나도 내 이야기를 들려주겠다고 약속했다 그런데 며칠이 지나고 네가 있다던 섬 이름이 가거도인지 흑산도인지 이어도인지 나는 가물가물하고 너에게 전화를 해야지, 그런데 너의 이름이 기억나질 않고, 그런데 너는 왜 그곳까지 가야만 했던 것일까 네가 돌아오기는 할까 우리가 다시 만나야만 하는 중요한 이유가 있었던 것 같기도 하고 기억을 떠올려보는데 까만 스크린 속에서 갈매기들이 날아다니고 있었다

팔레스타인에서

팔레스타인에서는 올리브나무로 기름도 짜고 묵주도 만들고 반찬도 해먹는다고 한다 팔레스타인에 가야겠다고 오래전부터 생각했다 이유는 딱히 없다 운이 좋으면 가장 오래된 올리브나무를 볼 수도 있겠지 그 나무를 꼭 봐야 하는 이유가 있는 건 아니다 그래도 누구든 자신보다 오래 산 나무를 보면 하고 싶은 말이 한두 마디쯤 생길 수 있고 올리브 비누로 손을 씻고 너를 만나러 갔는데 그래도 우리는 서로의 손을 잡지는 않기로 했다 아무래도 요즘 같은 때에는 조심해야지 요즘 같은 때라니, 이 장면 속에서 나는 너를 지우고 우리가 마주앉아 있는 이곳 심야 식당을 지우고 가짜 벚꽃 인테리어 소품을 지우고 풋콩과 생맥주를 지우고 마스크와 손 소독제도 지우고 말씀과 믿음을 지우고 탱크와 대포를 지우고 올리브나무만 기억할래 세계에서 가장 오래 산 올리브나무는 어쩌면 아무것도 기억하고 있지 않을 것이다 핸드폰을 꺼내어 팔레스타인이 얼마나 멀리 떨어져 있는지 찾아본다 비행기로 열두 시간 십오 분, 하지만 우리는 앞으로도 팔레스타인에 가지 못할 것이다 그러니 만나지 못할 나무는 아무렇게나 상상해본다 두꺼운 껍질과 줄기들 아무리 팔을 넓게 벌려도 품에 담기지 않는 나무둥치 빼곡한 이파리들과 작은 연노란색 꽃들 푸른 앞치마를 두른 알바생이 하품을 하며 가게 안 텔레비전을 껐다 그래도 자꾸만 사람들이 죽어나가고 있었고 우리는 말없이 메뉴판을 들여다보고 있었는데

캐넌

(끝없이 울리는 총성)

내가 죽인 골덴 치마
내가 죽인 공깃돌
내가 죽인 하얀 레이스 피아노 덮개
내가 죽인 은평구 구산동
내가 죽인 이층 여자 화장실
내가 죽인 비디오 스타
내가 죽인 옆집 언니
내가 죽인 여자들 그리고
내가 죽이지 못한 나
나는 어떻게든 죽지 않는다

내가 죽인 할머니가 나타나 깔깔 웃는다
내가 죽인 엄마가 내 머리를 양 갈래로 땋는다
내가 죽인 고모가 팔짱을 낀다
네가 죽는다니, 우리는 널 절대 그렇게 두지 않을 거란다

그리고 나는 계속 자랐다
내가 죽인 할머니의 이불과 냄비를 물려받아 쓰며 내가 죽인 엄마의 가계부와 춘란을 받아 키우며 내가 죽인 고모의 연애편지와 추리소설들을 찾아 읽으며

내가 아닌 것들을 계속해서 죽였다
나만 죽지 않는다는 것에 좌절했다
내가 죽인 엄마와 내가 죽인 고모와 내가 죽인 할머니와
내가 죽인 여자아이들을 원망했다

그래도 그들은 돌아오지 않았다
돌아오지 않는 그들을 생각하며
내가 죽이지 못한 나는

여기 홀로 살았다

순무는 순무로서만

너른 들판을 지나고 있었다. 87년식 오토 밴의 갖은 소음과 진동 속에서 우리는 순무에 대해 말했다. 난 순무에 대해 더 잘 알고 있다. 그는 순무들을 좋아했다.* 하지만 좋아하는 것만큼 순무에 대해 잘 알진 못했다. 나는 그에게 좋아하는 마음만으로는 충분하지 않다고 했다. 그는 순무를 너무도 좋아한 나머지 사랑할 수도 있을 정도라고 말했는데 나는 좋아하는 일과 사랑하는 일은 아주 다르다고 말했다. 그는 순무와 함께 온천에 가거나 차이콥스키의 〈호두까기 인형〉을 들으며 우유 거품이 올라간 차를 마시고 싶다고 했다. 나는 순무의 적정 입수 온도는 63도이며 그 이상은 질겨진다는 것을 하나의 방정식으로 증명하는 데 성공했고 그것으로 곧 박사학위를 받을 예정이라고 말했다. 그는 순무라면 뭐든 좋다고 했다. 질기든 맵든 삭았든 아무 상관이 없다고 말했다. 우리는 순무를 찾기 위해 차를 멈추고 순무밭으로 들어갔다. 그때 한 무리의 아주머니들이 앞다투어 등장하더니 엄청난 속도로 순무들을 뽑아내기 시작했다. 그들에게 휩쓸려 우리도 함께 순무의 푸른 머리를 쑥쑥 뽑았는데 정신을 차려보니 어느새 순무들을 손질하고 있었다.

이 순무들은 앞으로 어떻게 되나요.

자네들은 정말 아는 게 아무것도 없구만.

함께 쪼그려앉은 아주머니들이 모두 혀를 찼다. 하지만 순무들은 우리의 손안에 놓인 채 가만히 침묵할 뿐이었다. 그는 이것은 순무들의 기분이 좋다는 신호라고 나에게 속삭였지만 나는 순무의 속은 당최 모르는 거라며 침울한 표정으로 깍둑썰기를 했다. 아주머니들은 작게 조각난 순무에게 고춧가루를 뿌리고 버무리더니 우리의 입속에 넣어주었다. 아주머니들이 물었다. 아직도 모르겠냐고.

우리는 잇따라 입을 벌리며 더 달라 칭얼댈 뿐이었다.

* 사뮈엘 베케트, 「충분히」, 『죽은-머리들 / 소멸자 / 다시 끝내기 위하여 그리고 다른 실패작들』, 임수현 옮김, 워크룸프레스, 2016.

소설처럼

신촌 골목길을 걸으며 네가 해준 이야기
누군가 그 얘기를 듣고 한참을 울더니 소설로 쓰겠다고
했다

너는 희미하게 웃었고
사실은 말야, 나도 뭔가를 쓰는 중이라고 말하고 싶었는데
그때 기차가 굉장한 소음을 내며 지나갔다

내가 매일 밤 조금씩, 어떤 날은 겨우 한두 줄에서 멈출
뿐이지만 어떤 날은 수십 페이지씩 써내려가기도 하는 소
설 속에서 누군가는 이미 죽었고 누군가는 죽은 이들을 생
각하고 있었고 다들 각자의 장면들을 살고 있었는데 언젠
가는 모두 점으로 소멸될 것이었다 아직 쓰지 못한 다음 장
면을 기다리느라 행인1과 행인2와 행인3이 서로의 얼굴을
흘끔거리며 굴다리 아래 서 있었고 그때 기차가 또 한번 지
나갔다

방금 뭐라고 했어?

우리는 결국 인사도 못한 채 뿔뿔이 헤어졌고
집으로 돌아온 나는 소설을 고쳤다

행인3이 짐을 챙겨 역으로 떠나는 장면에서

이야기는 다시 시작된다

　기차에 오른 그가 좌석을 찾느라 두리번거리는 사이 사람들은 자리에서 창밖을 바라보고 있었다 그들은 각자의 역에서 출발해 이미 여행을 하고 있던 중이었다 기차가 출발하면 창문에 비친 얼굴들은 자기만의 생각과 잠에 빠져 희미해지고 기차는 계속해서 멀어지다 이제 하나의 점이 되어버렸는데 이게 다 소설 속 이야기는 아니었다

화염

1

총성이 울린다 찰나의 적막
총성이 울린다 피어오르는 연기 한 줄
총성이 울린다 높고 날카로운 비명
총성이 울린다 팥알처럼 깨어지는 유리창
총성이 울린다 누군가가 쓰러지고
총성이 울린다 쓰러진 누군가는 일어나지 못하고

다시

총성이 울린다

저들이 먼저 돌을 던졌습니다
아니요 저들이 먼저 불을 질렀습니다
아니요 저들이 먼저

다시

총성이 울린다

그전에 우는 아이가 있었습니다
그전에 목소리를 잃은 어머니가 있었습니다

그전에 제 가슴을 내리치던 아버지가 있었습니다
이야기는 그렇게 거슬러올라갑니다

다시

총성이 울린다

죽은 이는 이미 죽었고
살아남은 자들은 다시

총성이 울린다

2

  끝없이 총성이 울리는 이곳에서 나는 방호벽 뒤로 몸을 숨긴다. 허리를 낮게 숙이고 총알을 장전한다. 목표점을 찾는다. 저 너머엔 깊은 숲. 검고 고요하다. 일렁이는 이파리들만 있다. 숨을 내쉬고 들이마시는 거대한 폐처럼 보인다. 누군가 나타나면 총을 쏘라고 배웠지만 그 누군가가 누구인지 왜 쏴야만 하는지 나는 모른다. 긴장 때문에 뻣뻣한 목을 주무르며 옆에 있는 동료에게 말을 건넨다. 그런데 말야······ 살아남은 자들은 어디에 있을까.

동료는 말이 없다. 그 또한 눈앞의 검은 숲을 노려보며 숨을 참는 중이다. 그래도 누군가 나타나면 우리는 총을 쏠 것이다. 쏴야만 한다. 그것이 우리가 여기에 있는 이유다. 나는 그때 그 사건을 동료가 기억하는지 물어볼까 망설이는데 어디선가 또 한번

　총성이 울린다

밤 친구

이상한 하루에 대해 쓰고 있다. 북한산 오봉로를 걸었다.
송추폭포를 지났을 땐 벌써 쉬고 싶다는 생각이 들었고 때
마침 나타난 가까운 등나무에 걸터앉았다. 하얀색 솜털 같
은 벌레가 발목을 타고 기어오르고 있었는데 이름 모를 벌
레였다. 오른쪽으로 고개를 돌리자 상수리나무 옆 노란색
안내판에 '멧돼지 출몰 주의'라고 적혀 있었다. 바로 그 아
래에 조금 더 작은 글씨로 '멧돼지를 만나면 도망가지 말고
두 눈을 바로 바라보시오'라고 적혀 있었다. 그래서 멧돼지
를 마주치게 되는 경우의 수에 대해 생각했고 산속에서 멧
돼지와 조우했다는 사람은 아직 만나본 적 없지만 어쩌면
오늘 이 자리에서 멧돼지를 만날 수도 있겠다는 생각을 했
다. 어쩌면 아주 위험할 수도 있겠지만 유쾌할 수도 있겠다
는 생각을 했고 그러자 정말로 멧돼지가 보고 싶어졌다. 멧
돼지의 눈빛이란 어떤 것일까 멧돼지가 나를 친구로 생각
한다면 좋을 텐데, 하는 이상한 생각과 함께 멧돼지의 뻣뻣
한 털, 힘찬 콧김, 질긴 앞발, 출렁거리는 뱃살, 쫑긋한 귀
를 다정하게 떠올리다 그만 잠이 들었다. 잠깐, 혹은 그보다
더 오래 어쩌면 한나절 이상을. 눈을 떴을 때 당신은 옆에서
무언가를 쓰고 있었다. 일어났구나, 잠든 사이 친구가 왔어.
나는 몸을 일으켜 창밖을 바라보았다. 깊은 밤이었다. 대문
긁는 소리가 들렸다.

2부

열두 장의 흰 종이

하지

살구를 밟았다

이제 여름도 끝나가고 있군요

산책로에는 야생 살구들이 넘치고
익지 않은 살구 하나 구두 아래 으깨지고
그래도 산책은 계속될 수 있었지만

그만 돌아갑시다 점심시간도 끝났어요

너는 두번째로 말했다 오후 열두시 오십분에는 왔던 길을
되돌아가는 사람들이 많았다 우리는 잠시 멈췄다 나는 왔던
길을 돌아보았다 오늘은 낮이 가장 길다고 합니다 밤은 짧
다는 뜻이죠 발을 옮기기 시작했을 땐 구두 밑바닥에 살구
즙이 흐르고 있었고 하고 싶은 말을 어떻게 해야 할지 알 수
없어 하지 못한 말로 남는다면 그것은, 까지 생각했을 때 두
번째 살구를 밟았다 살구즙이 자꾸만 흐른다

자꾸만이라는 단어를 자꾸만 쓰게 되는 것

사람들이 자꾸만 짓고 자꾸만 만들고 자꾸만 낳고 자꾸만
먹어치워서 우리가 서로에게 진짜 하고 싶었던 말들이 자
꾸만 뒤처지니까

어떤 열매 익지도 않고 떨어져 깨지듯
어떤 마음 말해지지도 못하고 사라지듯

오후, 한낮
여름은 갔고

굴러다니는 살구 앞에서 그저 산책로를 끝까지 걷는 일이
또는 우리 다시는 돌아가지 않기로 해요, 라고 말하는 것이
이렇게나 어려워서 너는

끝났다고
자꾸만

미선의 반죽

  빵 굽는 미선의 신발을 훔쳐 신고 아무것도 할 줄 모르는 미선은 밀가루 반죽을 가지고 논다. 아무것도 할 줄 모르는 미선은 계속 무언가를 시도하지만 계속 망하고 반죽은 계속 아무것도 아닌 상태이다. 밖에는 저마다 바쁜 미선들이 오 가지만 빵집의 유리창 너머 하얀 먼지로 뒤덮인 아무것도 할 줄 모르는 미선에게는 누구도 관심을 주지 않는다.

  미선은 반죽을 삼 일째 치대고 있다. 아니 그보다 더 오래 되었을 것이다. 어쩌면 오십오 일째. 어쩌면 삼백구 년째. 어쩌면 아무것도 할 줄 모르는 미선이 치대고 있는 것은 쇼 케이스의 팔리지 않은 빵들의 영혼일지도 모른다. 하지만 빵 굽는 미선은 아직 돌아오지 않았고 아무것도 할 줄 모르는 미선은 내가 만약 빵 굽는 미선이었다면 무슨 빵을 만들 었을까, 생각한다.

  창밖으로 보이는 벚나무를 오르는 검은 고양이. 하지만 곧 나무하는 미선이 등장하고 벚꽃이 휘날리고 고양이는 죽은 채로 발견된다. 그것은 아무것도 할 줄 모르는 미선의 영역이 아니라서 그는 빵집 밖을 나서지 않는다. 손톱 아래 밀가루 덩어리가 갈라져 곧 떨어진다. 그것은 서로를 끌어당기는 고독의 힘*, 언젠가 시 쓰는 미선이 한 말이다.

  살아남은 새끼 고양이들이 서글피 우는 소리를 들으며 아무엇도 할 줄 모르는 미선은 생각한다. 빵 굽는 미선이 돌아오면 밀과 보리를 심어야지. 아무것도 할 줄 모르는 미선은 반죽을 치댄다. 그것은 우주가 될 수도 있는 반죽. 이불보가 될 수도 있는 반죽. 천사가 될 수도 있는 반죽. 벚나무가 될 수도 있는 반죽. 그것은 아무것도 할 줄 모르는 미선의 반죽.

그때 아무것도 할 줄 모르는 미선의 뒤에서 수상한 소리가 들린다. 뽀얗게 먼지가 내려앉은 마룻바닥에 찍힌 발자국을 보며 아무것도 할 줄 모르는 미선은 생각한다. 맨발의 미선이 돌아온 것일까. 빵집이 천천히 뭉개지며 하나의 반죽이 되어간다.

* 다니카와 슌타로, 「이십억 광년의 고독」, 『이십억 광년의 고독』, 김웅교 옮김, 문학과지성사, 2009.

초기화

　열두 장의 흰 종이를 내밀며 너는 달력이라고 했다 곧 적당한 때가 올 거라고 했다 믿는다고 했다 그중 하나를 뽑았다 계절을 알 수 있는 달도 일곱 개의 요일도 서른 개의 낮과 밤도 없었다 하지만 낮과 밤 없이도 서서히 잠이 쏟아지고 그거 기억나? 나 음악 그만둘 때, 바이올린 없이는 못 살거라 생각했는데…… 너의 목소리가 멀리서 들려오고 있었다 빈집이었다 아는 집이었다 엄마가 말없이 외출했다는 사실을 알았다 섭섭했던가 냄비 속에서 옥수수가 익어가고 있었다 마당에는 눈이 소복했다 개밥그릇 속에는 사료가 가득했다 개는 없었다 뒷문이 열려 있었다 하지만 뒷문은 어디로도 통하지 않는다 어디선가 생상스의 협주곡이 들려온다 적당한 때란 무엇일까 서서히 잠이 쏟아진다 네가 준 열두 장의 종이에 꿈 이야기를 쓰려고 했으나 글로 옮기는 순간 아무것도 기억나지 않았다 뭔가를 그만두게 된 것 같은데 떠오르지 않았다

기호와 소음

어느 소도시에서 일을 마친 토목기사는 매일 저녁 똑같은 만둣가게에 간다. 만둣가게의 만두맛은 매일 다르다. 그건 세상에 똑같은 만두란 없기 때문이고 그건 어떤 재료도 같지 않기 때문이다. 어떤 부추는 어떤 부추보다 더 달다. 어떤 돼지고기는 어떤 돼지고기보다 먼저 죽었다. 오늘 현장에서는 낙사 사고가 있었다. 각각의 사정을 토목기사는 알 수 없다. 그는 고기만두와 김치만두 사이에서 고민한다. 먹는 행위는 사람을 행복하게 한다는 말을 들은 것 같지만 누구의 말인지 기억하지 못한다. 매일 점심때가 되면 그와 동료들은 묵묵히 밥과 찬을 먹고 그늘에 앉아 담배를 피운다. 그때의 현장이라면 아무 일도 벌어지지 않고 하지만 현장은 언제나 거기에 있다. 일이 끝나면 현장을 벗어나 멀리 떨어진 곳에 찾아가 홀로 저녁을 먹는다. 내가 만두를 좋아하는 사람인가? 토목기사는 생각해본 적 없다. 그는 만두를 씹으며 마음속으로 현장의 높이를 그려본다. 그는 동료의 마지막 모습을 보지 못했다. 그는 오늘 동료의 이름을 처음 들었다. 가게를 나선 토목기사는 담배를 피우며 조용하다. 내일은 좀더 기름진 것을 먹어야겠다고 생각한다.

영동고속도로 끝에는 미래가

미래, 라고 가만히 발음하면
집 나간 엄마랑 고모랑 할머니가 떠오른다

경제는 앞으로도 좋아지지 않을 거라는 뉴스를 보며
다 먹었니? 삼촌은 졸린 눈을 비볐다

불어터진 면발만 남은 우동 그릇 앞에서
우리 조금만 쉬었다 가자고 말하지 않았지

그날 삼촌의 트럭은 뒤집어지고 불타올랐다
매일을 수년을 다니던 도로인데도 그랬다

아무래도 익숙해지지 않는 것이 있다
가령, 혼자 살아남았다는 사실 같은 것

그러니 영동고속도로는 언제나 들이받고 싶은 것들로 가
득해서
아무리 우동을 먹어도 허기가 가시질 않고

쪼그라든 할아버지는 자주 울었다
할아버지 무슨 생각 해? 하면 자꾸만
미안합니다 그만 용서하세요라는 그의 앞에서

저기 나 도무지 미래가 보이지 않아, 하는 대신
이제 인류는 곧 하늘을 날 수도 있다고 속삭여주었다
두고 봐, 할아버지보다 내가 더 먼저 갈 거야

우리집 사람들의
이리도 한결같은 최후

그리고 다 커버린 나는 노란 조끼를 입고
안전봉을 흔들며 영동고속도로 위에 서 있었다

사람들은 아직도 앞으로만 달릴 줄 알고
그중에 집 나온 사람과 끼니를 거른 사람과
기억을 지운 사람은 몇이나 될까

가로등, 켜지고 꺼지고 수없이 반복될 때
어느 날에는 차에 치인 고라니를 갓길로 끌고 가 웃옷을
덮어주었다

그때 저 멀리서 새끼 고라니 한 마리가 이쪽을 바라보고
있었고
나는 속으로 그애에게 미래라는 이름을 붙였는데

조그마한 귀를 펄럭이며 이쪽을 바라보던 미래가

—   이내 몸을 돌리더니 절뚝이며 멀리 뛰어가기 시작했다

미래,

에게,

인터뷰

하나의 단어,
그는 이제까지의 내 인생을 하나의 단어로 요구한다

그러니까 이런 것, 아침마다 눈을 뜨면 제일 먼저 떠오르
는 뭉게구름처럼 찬물 한잔으로 풀어지는 생각들, 삼십 년
산 책장에 가득한 책들, 읽어본 것들과 앞으로도 읽지 않게
될 페이지들, 어떤 페이지에서는 도저히 멈출 수밖에 없던
이유들, 이 모든 것들을 단 하나로,

하지만 나는
깨자마자 잊히는 내 꿈의 주인공
멈춰버린 시계가 가리키는 시간
입 밖으로 내어 말할 수 없는 끔찍한 상상들까지
단 하나일 수 없는 나

그리고 다시 넘쳐나는 생각과 생각들, 코와 입과 눈 밖으
로 흘러내리고 지금도 흘러내리는 중인 보이지 않는 생각
들이 매일 밤마다 나를 덮치고 그것들과 싸워 이기면 건강
한 내가 되고 그러지 못한 날에는 세상 모든 것들이 건강할
필요가 없다는 생각을 하며 잠에 드는 나를, 한 단어로, 그
렇다면,

나는 의자이며

—　　나는 기차고
　　　　나는 파도라서

　　　　내일은 갈매기일 수도 있다는 것을
　　　　어떻게 말할까

　　　　그와 내가 있는 방
　　　　그와 나 사이에
　　　　금빛 모래가 밀려오고
　　　　다시 밀려나간다

　　　　그의 눈에는 보이지 않는 무수한 모래 알갱이들, 작은 것
　　　들이 모여 서로 몸을 비비면 더욱 반짝인다는 것을 언젠가
　　　그도 알게 되지 않을까, 하지만

　　　　그는 지루한 표정으로
　　　　손목의 시계와 닫혀 있는 문을 번갈아 바라보고
　　　　아무 말이라도 해야 하는 나와 그의 손에 들려 있는 나
　　　　이름과 성별과 나이와 출생지와 거주지에 대해 또한 점수
　　　와 순위들에 대해, 하지만 그 이전에

　　　　우리는 바라는 것이 각각 다르다는 것을
　　　　그리고 바라는 것을 얻기 위해 자기 자신을 속이는 사람과
　—

자기 자신을 지키기 위해 바라는 것을 때때로 모르는 척
하는 사람 중
내가 어디에 더 가까운 사람인지 나는 알 수 없고
그도 결국 알 수 없을 것이다
그것이 다 무슨 소용인가 싶지만

지금의 나는 나의 쓸모를 증명해야 하고

내가 성실하고 함부로 질문하지 않고 언제나 단정한 옷차
림의 사람이라고 말할 수도 있겠지만 사실 나는 그렇지 않
다는 것을, 당신이 원하는 그런 사람이 결코 아니라는 것을,
그러니 목소리를 가다듬고 보여줄 수밖에

내 꿈이 한때는 예민한 후각을 가진 시인이었고 밤마다 몰
래 이웃의 담벼락에 벽화를 그리는 화가였고 부드러운 손바
닥을 지닌 병아리 감별사였다는 것을

일기장을 가져올 걸 그랬지

한 문장
두 문장
다시 한 문장
사실은 훔쳐온 문장들이 너무 많았고 그래도 하고 싶은 말

을 다 하지 못해서 언제나 일기를 끝내지 못했고 시작도 못
하는 날들이 있었고 그러니까 단 하나로는 도무지 안 돼서
줄줄 흘러넘치는

　　나는 조이스틱, 인공지능, 한때 잘나가던 경주마, 무엇이
든 될 수 있을 것 같은 기분이다가도 내가 되지 못한 것들과
내가 두고 온 것들에게 자꾸 마음이 가서 때때로 멈출 수밖
에 없는 사람이라는 것을

　　하나의 단어,
　　나는 그것을 거부하고

　　그의 예의바른 미소와
　　문 뒤에 서서 차례를 기다리는 사람들 앞에서
　　흘러넘친 나를 그대로 두고 온다

　　무수한 단어들이 흐른다

본업

　당나귀가 픽픽 쓰러진다 내가 좋아하는 당나귀가 쓰러진
다 붉은 몸통에 익살스러운 표정을 가진 당나귀 내가 좋아
하는 당나귀는 볼리비아에서 태어나 상인들의 손에 이끌려
카자흐스탄으로 건너갔다 그곳에서 감자 바구니를 옮기다
픽픽 쓰러졌다 채찍은 바람을 가르고 대지에 내리꽂혔다 이
듬해 그 자리엔 어김없이 감자 싹이 돋았다 상인들은 그를
장난감을 생산하는 다국적기업에 팔았고 그곳의 마스코트
가 되어 여러 나라를 떠돌던 그는 이제 대한민국에 산다 여
기서도 당나귀는 픽픽 쓰러진다 꼬리를 당기면 그의 네 다
리에 힘이 풀리도록 누군가 손을 썼기 때문이다 아이들은
그의 꼬리를 잡아당기고 깔깔거리며 쓰러지는 모습을 흉내
낸다 어른들은 이 당나귀에게 또다른 묘기를 시킨다면 돈을
더 벌 수 있을 거라고 침 튀기며 말한다 노인들은 당나귀의
털을 한 가닥 뽑아 부적처럼 품안에 넣는다 쓰러지는 당나
귀를 볼 만큼 본 사람들이 돌아가면 아무도 꼬리를 당기지
않아도 당나귀는 쓰러진다 나는 너무 열심히 살았어 내가
좋아하는 당나귀가 중얼거린다

생활과 소음

　서대문형무소를 지나고 대성아파트를 지나고 영락교회를
지나고 사직터널을 지났다 서대문형무소에서 과거를 찾지
않았다 대성아파트를 지나며 생활을 찾지 않았다 영락교회
를 지나며 말씀을 찾지 않았다 사직터널을 지나며 잔향을
찾지 않았다 나를 찾는 이 없어서 눈감고 귀 막고 계속 갔다

혁명과 소음

작업자들은 지하 골방에 모여 있다
붉은 눈알과 뻣뻣한 목을 달고 있는
그들의 과업은 매뉴얼을 쓰는 것
그리고 이는 철저한 보안 속에 진행된다

세상의 모든 것들은 매뉴얼에 따라 만들어진다
매뉴얼대로 하세요 매뉴얼대로, 지시하는 사람이 있고
매뉴얼을 던지는 사람 날아오는 매뉴얼에 얼굴을 맞는 사람
매뉴얼을 쓰는 사람 모든 것은 매뉴얼에 따라 진행된다

가끔은 환기되지 않는 작은 방에서 매뉴얼을 쓰던 작업
자의 눈이
완전히 풀리고 그가 그 어떤 매뉴얼에도 없는 말을 중얼거
리면
매뉴얼대로 하겠습니다 매뉴얼대로
어디선가 나타난 이들이 작업자를 데리고 영영 사라진다

남아 있는 이들은 각자 쓰던 매뉴얼로 돌아간다

'환경운동가의 인터뷰가 나오면 소리를 줄인다'
'그것은 유감스러운 사고였다고 말한다'
'상황이 불리해지면 소녀들이 먼저 유혹해왔다고 진술한
다'

    '평론을 쓸 때는 죽은 이론가들을 최소 세 명 이상 언급
한다'
    '현관문은 이론상 화염 속에서 한 시간을 버티게 만든다'
    '전시가 끝날 때까지 팔리지 않은 작품은 값을 두 배로 올
리고 그래도 팔리지 않으면 폐기한다'

    '출근 후에는 자기 자신을 의심하지 않는다'라고 쓰던 작
업자가 잠시 멈춘다
    그는 잠시 딴생각에 잠긴 듯 작업을 이어나가지 못하다가
    '출근 후에는 모든 생각을 멈춘다'라고 고쳐 쓴다

    아까부터 작업자들의 머리 위를 날아다니던 파리 한 마
리가
    형광등에 부딪히자 조용하던 작업장은 지지직거리는 소
리로 가득하다

    누군가가 신경질적으로 자리에서 일어나
    뒤편에 잔뜩 쌓여 있는 매뉴얼들을 뒤진다
    그는 파리를 없애버리는 방법을 찾고 있는데
    그 매뉴얼은 어제 완성되어 지상으로 보내졌다고 다른 누
군가가 말한다

    그랬군 그랬지, 그는 자리로 돌아가서

'모든 파리는 죽는다. 그러니 일부러 죽일 필요는 없다'
새로운 매뉴얼을 써서 뒤편으로 던진다
더이상 살아 있는 것들은 신경쓰지 않는다

오늘 치의 매뉴얼을 실어가기 위해 트럭이 도착하자
아까부터 문장들을 고쳐대던 작업자가
형형한 눈빛으로 자리에서 일어나 외친다

'좋은 작품을 위해 작가들의 휴식과 산책을 보장한다'

하지만 곧 누군가가 나타나 그를 데리고 사라진다
매뉴얼대로 하겠습니다 매뉴얼대로

다른 작업자가 자리로 돌아가 매뉴얼을 마저 쓴다
'절대적으로 순종적이어야 한다'*

* 아르튀르 랭보, "절대적으로 현대적이어야 한다".

조사

공동주택 건축불량 아파트 하자보수 판결문*에 따르면 누수의 원인은 수십 가지나 되고 또 누수라는 것은 꼭 한가지 원인으로만 발생하는 것은 아니며 이쪽에서 새던 것을 잡으니 다음날에는 저쪽에서 새기도 하는 것이라서 결국 한 번 발생한 누수는 지속적으로 모두를 의혹 속에 빠뜨리고 아래층에 사는 사람도 위층에 사는 사람도 다 같이 한마디씩 보태지만 물은 계속 흐르고 그런데 물의 성질이란 무엇인가 누수를 경험한 사람들과 누수를 경험하게 될 사람들이 모여들고 그렇게 흐르는 것 자기소개가 흘러가고 그때 뒤늦게 누수를 잡으려는 사람이 합류하고 어딘가로 끊임없이 지속적으로 우리가 그동안 안이했던 거죠 모두가 누수를 잡기 위해 공동주택을 샅샅이 뒤지고 있는 그때는 아무 일도 일어나지 않고 이곳은 참 조용하군요 원래도 아무 일도 일어나지 않은 것처럼 들리지 않고 만져지지 않고 아무것도 아니라는 듯 그러고 보니 우리에게 무슨 일이 일어난 걸까요 몰려든 사람들 중 누군가 울고 있었다

* 법률나무, 『공동주택 건축불량 아파트 하자보수 판결문』, 서울 문학, 2021.

미선의 생활

0

　해피 엔딩은 믿을 수가 없어. 아무도 따라 부를 수 없는 노래를 부르고 적게 움직이다 고독사로 죽고 싶어. 그런 사람들만 모여 사는 나라에 갈 거야. 미선 언니가 말했다. 그렇구나. 우리는 인적이 없는 거리에 서 있었다. 넌 어떻게 할 거야? 미선 언니가 말했다. 나는 고개를 들어 하늘을 봤다. 미선 언니도 고개를 들어 하늘을 봤다. 겨울밤이었다. 입을 벌리면 하얀 입김이 솟았다. 허옇던 겨울밤. 안녕. 미선 언니가 말했다. 안녕. 내가 말했다.

1

　미선 언니는 사무실에 없었다.
　미선 언니는 엘리베이터에 없었다.
　미선 언니는 중앙공원에 없었다.
　미선 언니는 배롱나무 아래에 없었다.
　미선 언니는 매미 날개 밑에 없었다.
　미선 언니는 우산 속에 없었다.

　엔딩 크레디트가 올라가면 영화에서 죽었던 이들의 이름이 차례로 지나간다. 벽 너머에 사는 사람들 소리가 들린다.

집밖을 나선다. 인적이 없는 밤거리를 걸으며 언젠가 이 길을 지난 적이 있던가 생각한다. 다시 갈 길을 마저 간다. 계단을 오르다 한 층 더 올라갔다는 사실을 깨닫고 내려온다.

설탕과 소금은 옆집 고양이 자매 이름이다. 구룡터널을 지날 땐 하늘로 올라간 아홉 마리의 용과 떨어져 죽었다던 한 마리의 용을 차례로 떠올린다. 1899년 아타카마사막의 추키카마타 광산에서 발견된 미라의 온몸은 구리로 덮여 있었다. 6세기 전에 죽어 지금은 구리도 아니고 대지도 아니고 사람도 아닌 그에게는 코퍼맨(Copper Man)이라는 이름이 붙었다. 자연사박물관에서 그는 세상의 모든 먼지를 한데로 뭉친 것 같은 모습이었다. 공원의 아이들이 비둘기에게 돌을 던지는 모습을 보며 나는 더이상 언니의 이름이 기억나지 않는다는 걸 깨달았다.

2

봄이요?

덕릉로 상계동성당 앞 세븐일레븐 알바생은 담배를 계산하며 이제 그런 건 없다고 했다. 봄을 찾아 아주 오랜만에 돌아왔다던 손님은 그럼 이제 어떻게 하냐고 물었다. 어쩔 수 없는 건 어쩔 수 없는 거지요. 알바생은 말했다.

초기화

꿈에서 넌 아주 바빴다
호랑이랑 싸우고 있었다

네가 손을 휘둘러 호랑이를 때릴라치면 호랑이는
연기처럼 사라졌다가 너의 등뒤로 나타나 네 목을 졸랐다

모든 것을 지켜보며 나는 울고 있었고
울기만 한 건 아니고 너의 행복을 빌었고
그러니까 네가 분양받은 아파트에서 사랑하는 사람들과
따듯한 잡곡밥 지어 먹고 생일날에는 한가득 축하받는 그런
삶을 살기를, 부디 호랑이 따위는 다 잊고 죽을 때까지 머리
어깨무릎발무릎발 아프지 말고 잘 살기를
그러니까 어서 이 꿈에서 깨기를, 깨고 나면 아무것도 기
억 못할 이 꿈이 그래서 아무 의미가 없어지길 간절히 바
랐지만

이상하게도 자꾸만 비밀번호를 틀렸다
꿈이 끝나지를 않았다

호랑이가 커다랗게 하품을 하자 너는 사백 살 먹은 은행나
무에 날아가 박혔다 그런 너를 구해주지도 못하고 나는 계
속 울었다 무슨 말이라도 해야 할 텐데 그러니까 괜찮다고,
다 괜찮을 거라고, 이건

꿈이야
우리가 하루이틀 망하니
모두가 너를 떠나도 나는,
나만은 네 곁에 있을 거야 알지?
하지만 사실 나 그때 말이야

네가 미웠어

비밀번호를 다시 입력하세요
비밀번호를 다시 입력
비밀번호를 다시

꿈이 끝나지를 않았다

내가 잊어버린 것
네가 잊어버린 것

사이의 간격이 얼마나 크길래
이 꿈에서 깰 방법이 없는 걸까

노란 은행잎이 사방으로 날린다
그렇담 가을인가 꿈꾸기 전엔 겨울이었는데

왜 꿈에서도 계속 눈물이 흐르고
그렇담 너는 이제 여기 없다는 걸까

*잠시 시대의 어지러움으로부터 그대의 눈과 귀를 돌려라**
너는 그런 구절들을 외웠다가 적당한 때에 속삭여주던 사람

하지만 돌이켜보면 나에게 필요했던 건
마주볼 수 있는 눈과 귀였지

너는 가장 아름다운 방식으로 나를 서서히 망쳤고
나도 사실은 너를 망치고 있는 건 아닐까 언제나 두려웠어

안전하고 무해한 것들만 믿으며
좋아하는 것들에 둘러싸인 채

그러니까 호랑이는 어린 내가 좋아하던 동물
검정 방울뱀은 신비롭고 지리산 반달가슴곰은 귀엽고 자
바공작새를 보러 서울대공원도 다녀왔지만 그래도 가장 좋
아하는 건
천진하게도 썩은 동아줄을 믿고
죽어서는 가죽을 남기는 동화 속 호랑이
떡 하나 주면 안 잡아먹는다던 조선 호랑이

어라? 울던 나는 고개를 들고
옆에서 담뱃대에 불을 붙이는 호랑이를 본다

이 꿈엔 더이상 네가 없고
다시 아름다워지기 위해
나는 너를 찾아야 한다

비밀번호를 다시 입력하세요

콩떡 가래떡 망개떡 수수팥떡 온갖 떡들 모아들고
호랑이 뒤로 천천히 다가간다

                              *

눈을 떴을 땐
너는 내 머리를 부드럽게 쓸어내리고 있었다

꿈을 꾼 거야?
응
무슨 꿈?
오색찬란한 꿈

언제나처럼 너는 나를 꼭 안아주었고

— 나는 두 팔을 네 목덜미로 가져갔다

* 잉게 숄, 「잠시」.

—

3부

조용하고 둥글게

가을과 경

며칠 동안 무 도둑을 찾아 나서야겠다는 생각만 하다 드디어 몸을 일으켰다

엄마 갔다 올게, 경아

오래 키운 개는 앞발에 턱을 괸 채 미동도 않았다 경이는 무 도둑을 보았을까 누가 지나가든 매사에 심드렁한 개는 그날도 뿌연 구름이 낀 눈을 깜박이며 하품만 했을 것이다 그러니까 여름 내내 물을 주고 가꾼 화단의 무가 모조리 뽑혀나간 그날 아침, 그런 날에도 버스는 제 시각에 도착하고 택배가 날아오고 엘리베이터 문이 닫히고 컴퓨터의 전원을 누르면 파스스 소리와 함께 불이 들어온다 먹다 남은 카레를 천천히 씹으며 생각했다 어쩌다가 무를 도둑맞게 되었을까 그러니까 삼 년 전 어디선가 얻어왔다며 아버지가 던진 흰 봉투 속에는 씨앗들이 한가득이었는데 열심히 백과사전을 들추어봐도 도무지 무슨 씨앗인지 알 수가 없었다 그렇게 찬장 속 밥그릇 안에 담아뒀다 올봄이 되어서야 화단에 뿌려볼 생각을 했는데 지나가던 노인이 말했다 그거 참 커다란 무가 되겠어 그는 자고로 뿌리채소는 흙을 깊게 갈아야 한다며 이런저런 조언을 했고 나는 그날부터 커다란 무를 기대하며 열심히 키웠던 것이다 그런데 무라는 것은 흙 아래 묻혀 있고 흙 위로는 푸른 이파리밖에 없으니까 꽉 들어찬 화단을 보면서도 이게 과연 무가 맞는가 싶었는데 이

제는 확인할 길이 없다 그러니까 무 도둑을 잡아서 물어봐
야 하는 것이다 당신이 훔쳐간 것이 정말 무가 맞는지 그런
데 대체 무는 어떻게 뽑아갔을까 이파리를 잘 잡고 힘을 준
다음 한 번에 뽑아야 하는데 그게 쉬운 일은 아니다 무 도
둑이 혼자 하지 못했다면 이파리를 잡은 무 도둑의 허리띠
를 잡아주는 조력자가 있었을 것이다 아파트 경비원이었을
까 아니면 지나가던 행위예술가 아니면 심심해서 내려온 뒷
산의 고라니였을 수도 있다 누구든 힘겹게 무를 뽑는 사람
을 보면 도와주고 싶은 마음이 드는 것은 당연한 일이다 그
런데 왜 하필 무였을까 무를 훔쳐가기로 결심한 사람의 마
음 같은 건 어디서 들여다볼 수 있나 이렇게 생각만 할 때
가 아니라 오늘은 집 주변을 둘러보기라도 해야지 싶었다
옷장을 열어 외투를 꺼내 입는데 벌써 가을인 건가 가을에
는 가을무가 맛있다고들 하는데 그러니 무 도둑을 이해 못
할 것도 없다는 생각을 했고 그때 경이가 갑자기 텅 빈 화단
을 향해 컹컹 짖기 시작했다 나는 경이를 품에 안고 가을이
오는 모습을 보았다

내일 날씨

　방에 무언가를 가지러 들어왔는데 커다란 기린 한 마리가 앉아 있었다 작은 방에 커다란 몸을 구겨 넣느라 그는 목을 잔뜩 웅크리고 있었는데

　여기서 뭘 하시냐고 물으려던 찰나 그가 먼저 이 밤에 웬일이냐고 물어왔다 적합한 말이 떠오르지 않던 나는 그의 맞은편으로 천천히 다가가 자리를 잡으며 시간을 벌었다 그런데 정말 무엇을 가지러 들어왔더라, 먹다 남은 햄치즈샌드위치? 밀짚모자? 꽃나무?

　요즘 날씨가 참 이전 같지 않죠, 라고 말하며 나는 주변을 둘러보았다 마치 그러면 그 기린이 누구인지 알아차릴 수 있을 것처럼 그런데 그 방은 분명 어딘가 익숙하면서 낯설었다 어디서 봤더라 집을 구하러 다닐 때 봤던 곳인가? 뉴스에서 본 어느 미스터리 사건 현장의 한 장소? 몇십 년 전 내가 태어난 방일 수도 있다

　나는 바닥에 깔린 울퉁불퉁한 싸구려 장판과 누리끼리한 알전구 그리고 벽면에 가득한 균열을 둘러보느라 기린의 말을 귀기울여 듣지 않았는데 이전에는 날씨가 어땠냐며 재차 물어오는 것이었다

　글쎄요, 하지만 지금과는 달랐죠, 분명

기린은 귀밑으로 삐져나온 털을 만지작거리며 생각에 잠겼다가 곧 자리에서 일어났다 밤이 늦었으니 이만 돌아가보겠다는 그를 얼떨결에 문가에 서서 배웅했고 그의 커다란 궁둥이가 씰룩이며 멀어져가는 모습을 바라보았다 그가 갑자기 뒤를 돌아보며 내일의 날씨는 오늘과는 분명 다를 거라고 했다

  나는 홀로 방으로 돌아왔다 그런데 정말 무엇을 가지러 왔더라 우산? 볼링공? 새끼 고양이? 문득 가지고 가야 할 것은 이미 여기 없다는 생각이 들었다

검은 절 하얀 꿈

그 절에서는
도자기 그릇을 팔았다

나는 무언가를 찾고 있었는데
그곳에 가면 살 수 있을 거라고들 했다

비 내리고 천둥 치던 날
절에 갔다

먼길을 걸어온
손과 발에선
흙냄새가 난다

내가 찾고 있는 그것은 조용하고 둥글다 그것은 초록색과
파란색을 적당히 섞어놓은 듯한 색을 띤다 그것은 불타오르
며 깨진다 그것은 눈을 감는다 침묵한다 그것은 알려 하지
않는다 그것은 다시 둥그런 형태를 취한다 하지만 자주 형
태를 바꾸고 색깔을 잃어버린다

그것은 내가 찾고 있는 것이 되었다가 나를 이 절로 보낸
사람이 찾고 있는 것이 되기도 한다 그것은 이 절에 있다 그
것은 이 절을 지키는 사람은 아니다 절 뒷마당에 있는 연못
도 아니고 연못에 기울어진 버드나무도 아니다 하지만 그

것은 기울어진 버드나무를 더 기울게 만드는 무엇이 되기
도 한다

　무엇이었다가 곧 아무것도 아닌 것이 되는

　이런 문장을 쓰기 위해 이곳에 온 것은 아니었지만
　눈을 떠보니 텅 빈 방이었고

　죽지 않고 도착해서 기뻤다
　손과 발을 움직일 수 있으면 좋을 텐데 하지만

　곧 내가 찾는 것을
　찾게 되리라는 예감이 들었고

　밖에서는 여럿의 사람들이
　나직이 이야기하는 소리

　그들은 즐겁다
　처음 들어보는 이국의 언어들

　이곳은 내가 태어난 곳이 아니구나

　겨울이 도착하고 있다

얼었다 녹고
다시 얼어버리는 눈
미끄러지는 사람들

나는 순간 황홀해진다
눈밭 속에
홀로 절이 서 있다

하얀 문과 검은 지붕
검은 지붕 위 쌓여가는
하얀 눈
정지한 세상
고요하고 무궁하게

내가 찾는 것
　무엇이었다가 곧 아무것이 되는 그것은 불빛 그것은 굴러
가는 토마토 그것은 이국의 사람들이 마시는 뜨거운 홍차
그것은 향기 그것은 허기 그것은 치통 그것은 늙은 개의 얼
굴 그것은 울리지 않는 전화벨 그것에 손을 가져가면 순간
사정없이 깨어져

무수히 많은 파편들은
흐르고 넘어지고 흐르고 슬프고 흐르고 흐른 채 나에게

도달한다
　눈을 질끈 감는다

*

다시 빈방에 남겨져 있다

인기척이 들리고
흙냄새가 가득한

기다렸다는 듯 나타나는 밤은 없고

1

눈감으면 고래 하나 찾아온다

눈뜨면 재빨리 사라지는
푸른 눈을 가진 흰고래
보지 않고도 알 수 있다

다시 눈을 감으면
고래는 내 몸 위에 가만히 내려앉고 내가 고래의 부드러
운 배에 파묻히고 그러다 고래가 되어보기도 하고 고래처
럼 몸을 뒤집어볼까 생각하는 순간 눈뜨면 여기는 작은 방

꼭 맞는 침대
창문 밖으로는 익숙해지지 않는
차가운 불빛들이 어른거리고

다시 눈을 감고 고래를 기다리면
고래는 오지 않고

2

눈이 사방팔방 흩날리는 거리에서
사람 하나가 눈사람을 만들고 있다
눈사람은 눈으로 만든 사람
어쩌다 사람의 모양을 갖게 된 눈

그러나 곧 눈은 녹고
눈사람은 없고

나는 눈사람 만드는 사람에게 다가가 묻는다
'왜 하필 사람입니까'
그가 허리를 펴는 순간 그도 녹아내린다

또다른 사람 하나가 거리를 걷고 있다
그가 나에게 다가온다
'우리 친구하지 않을래요?'
'짐이 제법 무거워 보이는데 제가 들어드릴 수도 있어요'
나는 뒷걸음질치며 그를 슬쩍 올려다본다
내 눈길이 닿은 그의 얼굴도 순식간에 녹아내린다

이제 거리에는 아무도 없다
그저 눈

그리고 눈
또 눈이 날리고

나는 눈길에 미끄러지고
화들짝 놀라 눈을 뜨면

흰고래가 가만히 나를 내려다보고 있다

그 푸른 눈을 들여다보며
너무 멀리 와버린 것은 아닐까
생각에 잠기는 것이다

신(scene)

충정로에 가면 가장 오래된 아파트가 있고 을지로에 가면
가장 오래된 중국집이 있다. 칠이 다 벗어진 문을 열고 닫
을 때마다 끼익거리는 소리가 복도 가득 울려퍼지는 오래된
아파트. 그리고 노란 단무지 물이 들어버린 그릇과 언제나
비대칭으로 쪼개지는 나무젓가락이 있는 오래된 중국집. 사
실 이런 장면들을 너는 본 적 없지만 언젠가는 충정로를 지
나 을지로에 갈 수도 있겠다는 생각을 하며 혹은 을지로를
지나 충정로에 갈 수도 있겠지만 동시에 정말로 거기에 간
다고 해서 그 아파트와 중국집을 알아볼 수 있을까, 생각한
다. 그리고 곧 오래된 아파트와 오래된 중국집에 대한 이야
기는 잊고 살다가 어느 날 충정로와 을지로를 지나갈 때가
있을 것이고 그때 문득 뒤를 돌아보며 방금 우리가 지나온
아파트가 굉장히 오래되어 보이지 않냐며 일행에게 말을 건
넬 수도 있고 핸드폰을 들여다보느라 정신이 나가 있던 그
가 응, 무슨 아파트요? 여기는 모든 것들이 오래되었어요,
라고 답할 때 아, 그렇죠, 오래된 것들은 어디에나 있으니까
요, 라고 대꾸하며 그런데 오늘 점심은 기름진 짜장면이 어
떻겠냐고 네가 물어보는 장면.

박태기나무 아래서 벌어진 일

은영이와 찬영이로
다시는 함께 불리지 않는다

우리는 늘 영이었는데
생각은 서로 무한하다

그래서 무슨 생각해, 하면
이인삼각으로 달리던 우리의 그림자

꼬여버린 다리 세 개와
늘 앞서 있던 너의 어깨를

그리고 청기 백기 내려간
텅 빈 운동장에서 나는
단지 미안하다 했을 뿐인데

파벽돌처럼 딱딱하던 네 얼굴
참 예뻐서 갖고 싶었던 너의 치맛자락
끈 풀린 운동화 너의 지랄맞은 친구들까지

전부 다 폭발하던 그때 그 가을하늘
나는 바닥에 엎드려 눈을 질끈 감았다

내 몸 아닌 것 같은 그때 그 달빛 아래
아이들이 떠나도 붉은 멍투성이의 나무 하나
잠시 숨죽이더니 계속 자라는 거 있지

주렁주렁 홍채 같은 열매들이
사방에서 흔들리고

하지만 언제고 영아
네가 말라비틀어진 내 아래를 지나간다면

그땐 겨울 지나 봄일 것만 같고
나도 초록을 피울 수 있을 것만 같고

찬영이와 은영이로
운동장은 가득할 것만 같고

그래도 나는 늘 영이고
영아, 나는 너 다 이해해

그러니 영아, 계속 달려
나 여기서 기다릴게 혼자 꽃피울게

옛날 일은 다 잊었는데

누군가 소원을 물어봐

영아, 기억나지 않는 소원이란
얼마나 오래된 걸까

목적지를 입력하세요

가도 가도 끝없는 도로 위에서
이 덜컹거리는 오토 밴이 퍼지면 어쩌지

기억나?
지나온 것들

커다란 선인장과 하늘엔 독수리 무리들
옥수수밭에는 붉은 글씨 팻말
'경고. 들어가지 마시오.'

우리에게 두 발이 아닌
날개가 있었더라면

오토 밴은 87년식이 최고야
87년도는 정말 어마어마했지

우리에게 과거가 아닌
미래가 있었더라면

물 탄 테킬라를 들이켜는 히피들과
낮잠 자는 개들을 지나칠 땐

저기 저 탬버린 치는 붉은 머리 사람은

  —   검은 머리 사람도 사랑하고 노란 머리 사람도 사랑한다네

사랑이란 수백수천 개의 물방울
사랑이란 수백수천 개의 물방울에 비친 얼굴
사랑이란 수백수천 개의 물방울에 비친 얼굴에 피어난 오
색찬란한 절망들

언젠가는 액셀도 브레이크도 고장날 텐데
그래도 가도 가도 끝없는 도로는 계속 가볼 것

계속해서 지나치는 것들을
어떻게든 기억하는 사람들이

쉿, 방금 그 소리 들었어?
뭐가?

모든 사람들이 동시에 말을 하면
아무도 아무것도 알아들을 수가 없고

이야기는 아직 시작도 안 했으니까

한숨

  —

한번 쉬고 다시 출발

그렇게 몇 날 며칠 지나고 한 해 지나고 한 세기 넘어
늙고 병든 우리가 두 발 질질 끌고 도착한 그곳엔

낡고 허름한 목욕탕 하나
우뚝 서 있더라도 놀라지 말 것

굴뚝에선 뜨거운 김 모락모락 피어나고
대인은 구천원이고 소인은 육천원이라서 그럼 우리는 얼
마를 내야 할까 나는 대인이고 너는 소인이니까 아니지 그
반대지 아니지 우리 둘 다 소인으로 하자 그게 더 유리하잖
아 다투는 사이 지루해 보이는 주인이 우리를 한심하게 쳐
다보아도

여기는 세상의 끝

그러니 내일 시간이 있다면 꼭
희망목욕탕에 들러볼 것

다른 나라에서

한때 나는 아이였다

아이들은
이런 아이와 저런 아이가 있고
이런 아이는 청기를 들고 저런 아이는 백기를 얼굴에 뒤
집어쓰고
이런 아이는 코를 파고 저런 아이는 종이를 물어뜯는다
이런 아이는 닫힌 형태의 글자에 색칠을 하고 그러면
저런 아이는 ㅇㅁㅂㅎㅍㅌ을 ■■■■■라고 읽는다
이런 아이는 육천육백만 년 전의 소행성 충돌 이야기를
좋아하고
저런 아이는 익힌 당근을 싫어한다

퉤, 뱉는다
이런 아이와 저런 아이들

아이들 웃음소리가 축축하게 퍼지던 어느 봄
우리들이 소풍 나간 이후로도 하루 이틀 석 달 삼 년 그러
고도 한참의 시간이 흘렀다는데
나는 푸석하고 불행한 얼굴로 홀로 돌아왔다

오전 여덟시 사십분에 자리에 앉아 모니터를 켜고 칫솔
과 치약을 찾았다

간밤의 이메일에 답장을 하고 표정 없는 얼굴로 성과와 효
율에 대해 말했다
 백과사전을 중고 책방에 팔았다 '공룡의 멸종' 편은 마지
막까지 고민했지만 결국 온전한 세트가 돈을 더 받는다는
책방 주인의 말을 들었다
 썩어버린 이를 뽑고 보험 처리를 했다

 나머지 아이들은 어디에 있냐고
 그동안 무슨 일이 있었냐고
 사람들이 물었을 때 나는

 그게 다 무슨 소리냐는 표정으로 침을
 퉤, 뱉었고

 이런 아이와 저런 아이로
 남는 데 실패한 사람들은 말없이 모여앉아
 뜨거운 커피를 후후 불어 마셨다

사과의 모습

아이가 밤새 울었다며
여자들은 하나같이 눈을 비볐다

한낮의 빛이
초록의 옥상으로
모여든다

자, 이거 봐

사과를 깎는 찰나의 순간
여자를 키워내는 여자의 손

아냐 아냐 이게 아니야

도리질 치며
더욱 크게 우는 아이

빨간 껍질 벗겨낸
하얀 속살 작은 입에 넣어주면

뚝, 밤은 잠잠해지고
하품하는 여자의 입에서는 단내가 풍긴다

사과를 키워낸 빛 앞에서
여자는 자주 어지러움을 느꼈다

아이는 여자의 손에서
여자가 되거나 여자가 못 되거나

눈을 맞춰주면 맑게 웃고
바라보지 않을 때 무한하게 자라서

곧 창가에서 옷장 안에서
티브이 앞에서 발견된다

아이 손에 들린 사과 하나로
가득한 어느 한낮

반쪽의 사과
어느 날의 장면

하지만 사과를 반 바퀴 돌리면
빨갛고 둥근 모습으로 굴러떨어지고

아이는 안다 그건 모두
사과의 모습

여자는 바란다 아이가 자라서
마음먹은 것은 모두 하게 되길

사과를 사과답게
사람을 사람답게

만드는 빛과 여자들의 젖은 손

아이가 크면 물어봐야지
밤새 울던 날들을 기억하는지

그럼 아이는 깔깔대고
웃음은 세상 곳곳에 퍼지고

우리가 곧 도착할 미래에 대해 생각할 때
옥상 한쪽에서는 빨래가 천천히 펄럭이고 있었다

이브나 파커

그녀는 오늘도 아담을 안아준다

이브나 파커와 아담
역할은 시냇물

훗날 아주 엉망인 어느 하루를 보낼 때
이브나 파커와 아담은 이날을 기억하며 미소 짓게 된다

시인과 경찰과 교수 역할을 맡은 아이들 틈에서
푸르게 반짝이는 옷을 입고 바닥에 누워 있던 장면

이브나 파커는 곁눈질로 아담의 눈물 젖은 얼굴을 눈치
챘다
정말 아름다운 시냇물이구나, 생각하며

시인이 엉망으로 외워버린 대사를 들었다
그는 악어 대신 악마를 불렀고 그러자 할일이 없어진
시냇물의 악어는 이때다 하며 고향으로 돌아갔다
오늘의 무대에선 이브나 파커와 아담이 더이상 필요 없
어졌다는 뜻

시인이 만들어낸 악마를 때려잡기 위해
경찰관이 무대 뒤에서 헐레벌떡 파이프를 찾아왔다

적당한 대사가 없던 교수는 이때다 하며 아담을 향해
저기, 저자가 악마라네, 내가 봤어! 손가락질했고

놀란 아담은 이브나 파커의 물줄기 속으로 재빨리 숨어
들었다
파이프가 날아와 그녀의 품속으로 함께 떨어졌다

무대가 끝나자 시인과 경찰과 교수와 그들의 부모와
가짜 꽃다발이 넘쳤다 이브나 파커와 아담도 함께
무대 위에 있었다는 사실은 누구도 눈치채지 못했다

아무도 그들을 찾지 않자 아담은
이브나 파커의 이름을 소리 내어 불러보았다

이브나 파커는 아담을 토닥여주었고
파이프 끝으로 울음소리가 새어나가지 않도록
온몸으로 끌어안았다

이브나 파커의 푸른 드레스는 항상 젖어 있어서
아담은 말라죽을 일이 없었다

훗날 아주 엉망인 하루를 보내며 이브나 파커와 아담은

더이상 시냇물을 닮지 않은 서로의 얼굴을 마주보았다

녹슨 파이프는 어디에나 있었고
계속해서 웃음이 터져나왔다

제목 없는 나의 노래와 시와 그림과 소설

지나간 기록에 대한 기록과
앞으로 일어날 이야기들

1

그러니까 이건 혼자 오래 살았다던 남자에 관한 이야기
는 아니다

그 남자는 자신만의 노래와 시와 그림과 소설을 만들며
지나가던 남자도 죽이고 지나가던 여자도 죽이고 한때 사
랑했던 것들도 죽이고 호랑이얼룩말쥐며느리도 죽이고 자
기 자신도 죽이고 죽은 몸으로 부활하고 자신이 만든 세계
속에서 계속 살아가고 있었지

그 세계에 없던 것들

남자 아닌 구름 남자 아닌 유리병 남자 아닌 날개 남자 아
닌 모과나무 남자 아닌 사슴벌레 남자 아닌 방울새 남자 아
닌 보랏빛 새벽 남자 아닌 쌍봉낙타 남자 아닌 모닥불 남자
아닌 귀신 남자 아닌 원숭이 남자 아닌 사람 남자 아닌 여자

남자 아닌 여자

아닌 여자
아닌 여자

똑같이 먹고 자고 머리를 자르고 몸을 씻고 하지만 늘 화
나고 아프고 소리지르고 죽고 죽고 죽고 또 죽는 그런 여자
아닌 여자 남자 아닌 여자

2

꿈을 꾸었다

끽끽거리는 원숭이, 공허와 폐허 속에서 숨죽여 울고 있었
다 때때로 원숭이 아닌 것을 시도하다 아무도 모르게 사라
진 원숭이들에 대한 이야기가 돌 땐 어떤 원숭이들은 입을
닫았고 어떤 원숭이들은 쓸모 있어지기 위해 무언가를 끊
임없이 시도했다 노래와 시와 그림과 소설 들을 노래와 시
와 그림과 소설 들을 노래와 시와 그림과 소설 들을 그러나

눈뜨면 그건 다 남자의 노래와 시와 그림과 소설 속이었다

3

어린 나는 얌전하고 똑똑하고
그 누구의 말도 잘 들었지.

교과서에 나오는 작품들을 보며 울었어
내가 숨쉴 수 없는 공간인 줄도 모르고 공허와 폐허인 줄
도 모르고
다른 건 배운 적 없는 나는 그런 세계를 만들겠다고 했다

너는 머리가 좋아서 노력하면 다 될 거야

양말 한 켤레를 사고
두 짝이 헤어지지 않게 꼭 잡아주는 작은 핀을 떼어내다
꼭 그것이 탯줄 같다 생각하며 왜 나는 이런 생각들에 골몰
하며 아파하는지
또 생각한다

구릉과 유리병과 모과나무와 사슴벌레와 방울새가 오래
머물지 못하는 세상에 대해 생각하다가, 책장에 꽂힌 책들
을 들고 나가 모두 팔아버렸지,

푼돈을 쥐고 돌아오는 밤에는

낮이 아닌 밤에는

낮과 밤
밤과 낮

그런 건 없고
낮에서 밤으로 가는 시간과
밤에서 낮으로 가는 시간만 있다고
믿고 싶어진다

4

사람에게는 자기만의 생체시계가 있다

대체로 오전 열시에서 오후 두시까지 집중력이 가장 좋고
오후 여섯시부터 오후 여덟시까지 운동성이 가장 좋다
이는 평소에는 눈에 보이지 않고 하지만
자기 땅이 아닌 곳에서 사는 사람은 평생 시차에 시달린다

낮과 밤
밤과 낮

그 틈 속에서

　눈을 뜬다 숲속에 앉아 있다 고요하지만 살아 있는 것들
로 가득한 숲 안경원숭이 비단고사리 하늘말나리 소사나무
코럴블루 양떼구름 새털구름 이런 이름 말고도 그들에겐 다
른 이름들이 있을 것이다 진짜 이름들 기록되지 못한 것들

　나에게도 나만의 노래와 시와 그림과 소설이 있다고 하
면 보지 않을래?

　숲의 경계선에 서서
　마을로 이어지는 길을
　바라본다 오래된 길
　하지만 오랫동안 인적이 없던 길
　손에 불씨를 들고

　그리고 생각한다 말랑한 것들, 역사가 아닌 것들, 기록되
지 못한 것들, 내가 나일 수 없던 것들, 그것들에게 이름 붙
여주는 일을 하겠다고 그리고 오래 살았다는 남자를 찾아
가 그에게 손을 내밀고 나만의 방식으로 그의 이름을 지어
주게 될 나의 미래를

관객 되기

그해 겨울 우리는 연극을 하기 위해 모였다

하지만 극장은 시설 등록이 되어 있지 않았고
구청에서 사람이 나왔다
이 출입문은 위험합니다 떼어가겠습니다

소방서에서 사람이 나왔다
이 나무의자는 불에 타기 좋군요 떼어가겠습니다

못이 튀어나온 마루가
물이 새는 천장이
깨진 조명이
찢어진 의상과 소품들이
하나둘 제거되었다

그럼 우리 공연은 어떡하지
대사를 외우느라 입술이 다 텄는데
몇 달째 다른 사람으로 살고 있었는데

극장이 사라진 곳에 배우들은 서 있었다
눈 내리는 삼거리 한복판이었다

지나가는 사람들 누구도 눈길을 주지 않았다

─　겨울엔 다들 각자 곱씹어야 할 일들이 있으니까

어쩔 수 없지 그렇다면 다른 역할을 찾아보겠어요

배우들은 뿔뿔이 흩어졌고
거기서부터 이 공연은 시작된다

─

4부

여름의 초원과 겨울의 초원을 지나

두부를 구우면 겨울이 온다

두부를 구우면 겨울이 온다

읽던 소설 속에서
인물들이 서로를 미워하고 있었고

그것이 이 책의 유일한 결말은 아니니까

가장 많은 미움을 샀던 인물처럼
나는 징검다리를 건넜다

개울에 빠져 죽었다던 그와는 달리
반대편에 잘 도착했는데

돌아보니 사방이 꽁꽁 얼어 있었고
그애는 여름에 죽었겠구나

죽은 이를 미워하던 사람들이
모여 흐르는 땀을 연신 닦다가

미워하던 마음이 사라진
텅 빈 구멍을 들여다본다

그것은 검고 아득해서

바닥이 보이지 않고

돌멩이를 던져볼까

아서라, 죽은 이는 다시 부르는 게 아니야

아무도 말을 꺼내지 않는 찰나에도
두부는 아주 평화롭게 구워진다

이것은 소설일까 아닐까

고개를 들면 온통 하얀 창밖과
하얗게 뒤덮인 사람들이 오고가는 풍경

모든 것이 끝나도
어떤 마음은 계속 깊어진다

소설가

나를 흔들어 깨우는 목소리를 들었다. 눈을 떠보니 하얀 것들이 펄펄 내리고 있었다. 신발 위에도 벤치 위에도 그것들은 살아 펄펄 뛰어다녔다. 저멀리 지나다니는 버스와 컨테이너 매점도, 횡단보도와 배롱나무인지 산수유나무인지 모를 나뭇가지도 하얀 눈 아래에 있었다. 나를 깨운 목소리는 더이상 들려오지 않았고, 눈이 언제까지 온대요? 아마 오늘밤 내내, 수십 년 만의 폭설이라니 얼른 집으로 돌아갑시다, 이런 말들이 거리를 오가고 몸을 일으키면 어깨와 머리 위에 있던 눈이 후드득 떨어져 내렸다. 그 눈을 밟으며 발걸음을 옮겼고 그 발걸음 위로 다시 눈이 쌓여가고, 수십 년 만의 폭설이라니, 그때가 언제였더라 하며 마지막으로 목격한 폭설을 기어코 떠올려보는 사람이 있을 것이고 그는 오늘밤의 폭설을 기억할 것이고 그에 의해 이 폭설은 기록될 것이고 그렇게 이 기록적인 폭설 속에서 잠깐 하늘을 올려다보고 어깨 위의 눈을 훌훌 털어낼 것이다. 저기 이것 좀 도와줘요, 그때 들려오는 소리. 한 사람이 매점 앞 파라솔을 치우기 위해 안간힘을 쓰고 있었다. 우리는 쌓인 눈 때문에 무거워진 파라솔들을 정리하고 저멀리 강 위에 떨어지는 눈을 함께 바라보았다. 밤새도록 눈이 온다지요, 나는 할일이 있어요. 그리고 그는 등을 돌려 떠났다. 그 모습이 완전히 사라졌을 땐 나도 반대 방향으로 걷기 시작했다.

Beauty and Terror*

우리는 당신에게 닥칠 수 있는 불행의 종류를 떠올리며
살았다

하루는 촛불과도 같아서
책장을 넘기는 일에도
낮은 기침 소리에도 흔들리고
견디다못한 초가 넘어져
불길이 솟구치고 재가 되고
하룻밤 자고 나면 아무것도
남아 있지 않던 날들이었다

뒷마당의 붓꽃
하얀 떡과 친절한 이웃은
더이상 없었다

안방과 거리와 찻집 어디에든
당신의 눈과 귀가 있어서
우리는 우리를 닫았다

그래도 누군가는 매일 쓰러지고 다시 일어나지 못하고 어
떻게든 당신을 피해 살자 살아서 만나자 결심하지만 번지는
불길 앞에서 우리는 곧 재가 될 사람들

一   올해는 마을의 큰 은행나무에 열매가 열리지 않았다고 했
다 집 나간 가축들이 돌아오지 않았고 뒷산에는 늑대 울음
소리 하나 들리지 않았다 바다는 깊음을 들판은 넓음을 잃
어버렸고 집들은 버려져 영영 오지 않을 이들을 기다리고
있었다 아주 먼 훗날

　자 여기 이런 것이 있었다, 라고 우리 이후의 사람들이 말
하겠지만

　그런 결말이라도 당신과는 나누지 않겠다는 생각

　우리의 몸은
당신에게 있지만

　우리의 마음은
당신에게 있지 않아서

　그런 우리는 오늘을 가만히, 조용히 견디는 사람들. 누군
가가 끌려가고 사라져도 아직 무수히 많은 우리들은 당신의
발밑에서 그저 오늘을 살고자 하는 사람들.

　그래도 그의 머리를 내리쳐선 안 된다는 생각

一

터진 그의 머리에서 붉은 피 콸콸 넘치고 검은 생각 스멀 스멀 기어나와도 그걸 밟고 일어선 우리가 드디어 허공에 손목 마음껏 흔들며 터져나오는 웃음 어쩌지 못해도 그래 선 안 된다는 생각

하지만 결국 그리될 거라는 생각

당신은 당신의 결말을 향해, 우리는 우리의 결말을 향해. 하지만 우리는 무수히 많은 재, 공기 중에 흩어지고 흩어져도 어딘가에 들러붙어 까만 얼룩을 남기는 존재들, 우리는 끝나지 않고. 우리는 번져서. 우리의 흔적으로 기어코 산다

우리의 불행은
우리의 힘

당신의 불행은
당신의 끝

그걸 당신만 모르고 있다는 생각

* 라이너 마리아 릴케, 「Go to the Limits of Your Longing」.

105

나이트 사파리

짙은 어둠 작은 열차를 타고
우리는 고요한 잠을 찾아가고 있었지

작은 무늬들로 가득한 기린의 뒷모습
그의 어깨가 가만히 오르내리면 우리는 그의 평화로운 꿈

여기 해로운 것은 아무것도 없다는 듯이

열차가 잠시 멈추고 기린이 없는 나라에서 온 사람들이
박수를 친다
꾸벅꾸벅 졸던 보자기 같은 눈꺼풀이 열리고 초록의 꿈은
공중으로 흩어지지

너는 손가락으로 무릎 위에 작은 무늬들을
여러 개 그렸다 마치 기린의 몸이 되어보겠다는 듯
그리고 물었지 작은 것들이 모이면 무엇이 되는지

작은 것들의 신*이 된다면 좋겠네 생각해보지만
알 수 없다 작은 것들의 신은 무엇을 해야 하는지

우리는 한동안 말이 없고 열차는 달린다 잘 가꾸어진 호수
와 수풀과 인공 바위산을 지나 잠 못 드는 벵골 호랑이와 몸
을 뒤척이는 코뿔소와 데구루루 재롱부리는 원숭이를 지나

사파리가 끝나가고 있었다

사람들은 저녁 메뉴에 대해 말한다
향신료를 뿌린 닭 요리와 뼈를 우려낸 국물 요리가 주는
따스함

우리가 여행을 온 사이 집에 홀로 남은 야자나무는 어떻
게 되는 걸까 너는 또 묻고 나는 여기 없는 것들을 생각하지
여름의 초원과 겨울의 초원을 지나 깊어가는 꿈 같은 것들

사파리가 끝나가고 있었다 열차는 종착점에 도착하고 있
었다
뒤를 돌아보면 고요한 밤 가득한 어둠

네가 없고 나도 없는 그곳에서
평화가 시작되고 있었다

* 아룬다티 로이, 『작은 것들의 신』, 박찬원 옮김, 문학동네, 2016.

없는 사람

파를 자른 곳에서
파가 또 자랐다

자른 파는
너와 함께 헤치웠다

국에도 넣고 밥에도 넣고 세탁기에도 넣고
방바닥도 쓸고 장난감 모빌도 만들었지만

파가 자라는 속도를
따라잡을 수 없었다

파가 넘치는 집안에서 너는

아이가 크면
수영장이 딸린 펜션으로 놀러가자고 했다

파로 만든 가위를 들고 나는
말없이 자리에서 일어났다

공터의 왕

구청 직원은 말이 많다. 우리는 함께 공터에 있다. 그의 말을 들으며 나는 점점 목이 타고 이곳에 버려진 기분마저 들지만 그는 이제 벌목꾼들에 대해 말하는 중이다. 가장자리에 남아 있는 나무들을 벨 예정인 벌목꾼들은 그러나 아직이다. 그들은 어제의 공터에 지쳐 아직 일어나지 못했다. 그들은 여기에 오지 않을 것이다. 구청 직원이 방금 그들을 해고했다. 핸드폰을 거칠게 노려보는 그의 뒤로 나무들이 제각각 흔들리고 있다. 아무렇게나 자라는 저것들을 빨리 정리해야 한다며 어느새 뒤로 다가온 구청 직원이 말한다. 그는 발아래 묻혀 있는 각종 매설물들에 대해 말한다. 그물코처럼 끝없이 펼쳐져 있을 배관과 전력 따위를 쓰기 위한 조건들을 말한다. 공터에 들어설 수 있는 특정 건물과 소수의 사람에 대해 말한다. 그만이 할 수 있는 승인에 대해 말한다. 그가 지닌 권위에 대해 말한다. 그의 말로 가득한 공터에서 점점 목이 타오른다. 더이상의 갈증을 참지 못한 나는 맨홀 뚜껑을 연다. 지하로 내려가는 나를 보며 그가 허락한다는 듯 미소를 짓는다.

기차는 울산을 지나쳤다

　기차는 울산을 그냥 지나쳤다 울산에서 내리지 못한 사람
들이 거세게 항의한다 울산에 가야 하는 저마다의 사정이
있는 사람들은 기차가 울산에 멈추기를 바란다 하지만 기차
는 울산을 지나쳤고 점점 더 멀어지고 있다 왔던 길을 거꾸
로 달리거나 정해지지 않은 곳에서는 멈출 수 없는 기차가
계속해서 앞으로 달린다 울산에서 점점 멀어진다 사람들은
빠르게 지나가는 창밖의 풍경을 보며 생각한다 멀어지는 울
산에 대해 생각한다 기계의 오작동과 그것이 오늘 발생할
확률에 대해 생각한다 책임과 보상에 대해 생각한다 울산에
가야 하는 사정과 곤란함을 생각한다 날아가는 면접 기회를
생각한다 떠나가는 애인을 생각한다 늘어나는 빚을 생각한
다 꽁꽁 얼어가는 수도 배관을 생각한다 말라죽는 꽃나무를
생각한다 덜컹덜컹 통로를 오가는 발자국을 생각한다 소리
의 주인을 생각한다 그의 종착역을 생각한다 울산을 생각한
다 기차가 터널에 들어서면 사람들은 검은 창에 비친 자신
의 얼굴을 바라본다 검은 얼굴 기차가 터널을 빠져나오면
창밖에는 다시 익숙한 철로변의 풍경들 비닐하우스와 축사
와 컨테이너와 송전탑 들 이것은 울산을 지나치기 전의 풍
경과 다르지 않다 비슷비슷한 곳들을 지나치며 기차는 계속
해서 울산에서 멀어지고 있다 곧 부산역에 도착한다는 안내
방송이 나온다 울산에 도착하지 못한 기차가 부산역에 가까
워지는 순간 사람들은 계속해서 저마다의 울산을 생각한다

눈 속 밤

개굴아 개굴아 뭐하니,

오늘따라 저 논에 개구리 많기도 많다. 개구리 옆에 개구
리. 개구리 뒤에 개구리. 개구리 너머 개구리. 개구리 표정
을 짓고 한 치 오차도 없는 개구리 박수를 짝짝짝. 판초 우
의를 입고 뛰는 개구리. 어제보다 더 많이 뛰고 어제보다 짐
은 더 무겁고. 개구리 뒤를 돌아보다 한 대 맞는다. 개구리
앞으로만 간다. 개구리가 개구리를 넘는다.

고요한 밤
개구리 눈에 보름달 들어 있고
보름달 안에 또다른 개구리 있고
그의 눈에도 보름달이
아주 환한 밤

갈대와 바람이 할말이 너무도 많은 밤
개구리도 함께 놀아보고 싶은 밤
아, 왠지 울고 싶어지는 밤인 것입니다

우는 개구리를 개구리가 발로 뻥 차고. 개구리가 동그랗
게 부풀어올라 보름달을 가리던 밤. 개구리보다 더 환한 것
은 없는 밤. 개구리 밤

행! 열! 행! 열! 행! 열! 행! 열!
저기 개구리 아닌 것이 있습니다
행! 열! 그럼 물어봐 행! 열!
죽었니? 살았니?

개구리 밤 지나고
그래서 개구리 낮이 오면
여보 당신이라 불러도 돼요?

개구리 옆에 개구리. 개구리 뒤에 개구리. 개구리 너머 개
구리. 개구리 친구 개구리 언니 개구리 형 개구리 사촌 개
구리 동생 개구리 인형 개구리 귀신 모두들 눈 가리고 아옹
아옹 하면

밤이 길어요

아침이 오지 않으면 어쩌죠

개구리는 개구리 아닌 것들을 둘러본다
말랑말랑한 것들. 흔하고 좋은 것들. 맨발의 잠자리. 어젯
밤 꿈속의 고라니. 풀숲을 지나가는 반딧불이. 흔들리는 마
른 나뭇가지들.

길고 긴 밤이, 쓸쓸하고 서글픈 밤이, 개구리 밤이 드디어
끝났을 때 개구리는 어떻게 되었을까. 죽었니? 살았니? 부
풀어오른 혀가 목구멍을 꽉 하고 막아버리고. 침만 꼴깍이
는 사이, 눈만 우르르 굴리는 사이 봄, 여름, 가을, 다 가서
폭설. 폭설뿐이고. 개구리 밤에 갇힌 개구리는 하얀 눈 맞으
며 잊지 못하고 말하지 못하고

전봇대가 웅웅 울고요

개굴아 개굴아 뭐하니

시간이 아주 많이 흘러도 개구리는 알지 못한다

개구리는 아직도 개구리 밤 속에 있다

겨울 소설

바구니 가득 귤이 쌓여 있고
다 때려치우고 귤 농사나 짓고 싶다 생각한다

살려고 쓰는 나와
쓰기 위해 산다던 너와

어제와 엊그제와 모든 삶이
거대한 기록이라는 게

참 이상하지

책상 너머 너의 작은 뒤통수는
연필을 꾹꾹 눌러가며 오늘도 쓰고 있다

쏟아진 귤들이 와르르 굴러가는 소리에
고개를 반짝 든 우리의 눈빛이 서로를 스치고

너를 귤 농장에서 처음 만났다고 쓴다

혼나지 않기 위해 귤을 따야만 했던 그때
우리 입가는 몰래 먹은 귤조각들로 가득했다

침대보엔 마른 귤껍질들이 뒹굴었고

우리가 속삭인 비밀들을 먹고 자란
귤나무는 다음해 무엇을 피워낼까

누군가 손톱으로 귤껍질을 찌른다
작은 교실에 향이 와르르 쏟아지고

작문 숙제를 하는 네 손톱 아래가
온통 노랗게 물든 것을 흘끔거리다가

계속 쓴다

이런 건 상품 가치가 없어!

마을 너머에 살던 어른들이 찾아와 항의를 했지
귤을 먹었더니 글쎄 시도 때도 없이 노래를 부르게 됐다나

그건 귤껍질의 흰 속살처럼
달걀의 속삭임처럼 병아리의 마음처럼
작은 너와 나의

이야기들이었지
시커먼 팔꿈치를 핥고
독뱀을 잡아 멀리 풀어준 일을

어떤 나무는 악취 탓에 뽑히기도 한다는 것을
말할 수 없는 것에 대해 말하도록 태어난 사람의 운명을
모든 여행자는 끝내 정착하고 만다는 사실을
가여워하던 너와 나의 전부가

속속들이 까발려지고
노래가 되었는데 그래도
끝나지 않던 얘기들

농장 주인에게 흠씬 맞은 날
황금빛 알갱이 같은 눈물이 툭툭 쏟아지고
다 때려치우고 글이나 쓰며 살고 싶다 생각했다

눈에 보이지 않는 것들이
나무를 키워내고 또 귤 한 알 열릴 때까지
얼마나 많은 시간이 필요할까

쓸 수 있는 것과
써야만 하는 것

그런데 사람들은 쓸모없는 건 돈 주고 사지 않는데
지금도 죽어가고 있는 우리가 그럴 수 있니

귤을 까서
서로의 입에 넣어준다

아직 숙제는 끝내지 못했는데

참 달고 새콤하다

다 때려치우고 따듯한 귤이나 되고 싶다 생각한다

다정한 옷장에 걸려 있는

뽀글이 양털 조끼를 꺼내 입고
신은 아스피린을 삼켰다

그리고 하얀 들판에 누워 생각했다

그의 의도가 아닌 것들과
살면서 잦은 몸살에 시달리는 이들에 대해

누군가 그에게 장래희망을 물었다면

투명한 정맥을 지닌 식물 또는
깊은 손금을 지닌 동물이 되는 것

그래서 좀더 지혜롭게
좀더 오래 살고 싶은 것입니다, 하고 대답했겠지만

그때 한 무리의 사람들이 들판을 지나고 있었다
그들이 얼어붙은 양파를 캐 먹으며 겨울을 날 때까지
신은 숨죽인 채 거기 그대로 있었고

사람들이 살아 들판을 다 건너자
양파즙이 뚝뚝 떨어지는 구멍난 가슴을 일으키며
신은 참았던 기침을 그제야 길게 뱉었다

그리고 옷장 속에 들어가
약기운에 취해 잠에 들었다

미선씨, 소식 없음

미선씨, 멀리 떠남

미선씨, 열대의 나라에 가서 망고나무를 보겠다고 함

미선씨, 사람이 망고만 먹고 살 순 없다는 내 말을 듣지
않음

미선씨, 심심하면 어디서든 드러누워 아무것도 하지 않고
하루를 보내는 사람들에 대해 말함

그렇게 미선씨, 멀리 떠남

그리고 며칠이 지나도 미선씨, 소식 없음

몇 달이 지나도 미선씨, 소식 없음

몇 년이 지나도 미선씨, 아직도 계속 소식 없음

그래서 하마터면 미선씨를 잊을 뻔했는데,

안녕 얘들아 오랜만이지, 하면서 보내온 미선씨의 최근
소식에서 그는 푸드 트럭을 시작했어 저녁이면 팔다 남은
피자를 먹을 수 있거든 운나쁜 날엔 술 취한 행인들이 자꾸

만 트럭에 침을 뱉고 그러면 안 그래도 작은 피자를 한번 더
잘라서 파는 거야 며칠 전에는 고향을 물어오는 사람이 있
었는데 그의 가방 밖으로 삐져나온 초록색 유리병을 보고
우리와 같은 출신인 걸 알아챘지 치사하게 혼자만 마시며
옛날 얘기를 늘어놓길래 그를 빈 가방에 넣고 그 위에 모차
렐라치즈와 핫소스를 뿌려 오븐에 넣어버렸어 뜨겁게 달아
오르기 시작한 오븐 옆에 누웠는데 잠은 도무지 오지를 않
고 그 오지 않는 잠 속에서 미선씨는 지금도 어디론가 계속
떠나는 중이고 그러니까

　찰나의 순간, 미선씨의 생각

　다시 그때로 돌아갈 수만 있다면

　찰나의 순간, 미선씨의 꿈

　이제는 유백처럼 아득한

　찰나의 순간, 반복되는 미선씨

　그리고 크리스마스 그리고 새해 그리고 봄 그리고

　찰나의 순간, 미선씨?

거기…… 있어?

찰나의 순간, 다시 깜박,

땡, 오븐이 울리고 초록 불이 들어오면 미선씨는 말해

자, 먹자 애들아

초기화

그때 나는 노트 앞에 앉아 있었고 시를 쓰려던 참이었으며 노란 테니스공 하나를 손에 쥐고 있었다 첫 문장을 시작하려던 찰나 공이 제멋대로 날아가 창문에 부딪히더니 펑 소리와 함께 유리 파편들이 와르르 쏟아졌다 마침 내 원룸 앞을 지나가던 사람도 함께 쓰러졌다 나는 시를 쓰려던 참이었는데 쓰러진 그를 어찌해야 하는지 몰라 커다란 솥에 넣고 뚜껑을 닫아버렸다 나는 시를 써야 하는데 경은 바깥을 바라보며 계속 짖었다 컹컹 돌아보면 멧돼지가 앞발로 대문을 긁고 있었고 떡 하나 주는 대신 나는 그를 솥에 넣어버렸다 다시 시를 쓰려던 찰나 배달 기사가 문을 열고 들어와 짜장면 한 그릇을 들이밀었다 시킨 적 없는데요, 그럴 리 없습니다 난 이 한 그릇을 위해 수십 년을 달려왔어요 나는 고개를 저으며 그와 그의 배달 가방과 짜장면을 몽땅 솥에 집어넣었다 그리고 다시 노트를 들여다보려는데 또 한번 대문 두드리는 소리가 났다 옆집에 누수가 있습니다 공무원은 누수를 잡아야 한다며 끝없이 떠들었고 빨리 시를 써야 하는 나는 옆집 배관을 통째로 뜯어내 그와 함께 솥에 밀어넣었다 이제는 잘 닫히지 않는 뚜껑을 온몸으로 내리누르며 써야 하는 시를 생각하고 있었는데 그게 뭐였더라 써야할 것이 있었던 것 같기도 하고 이미 써버린 것 같기도 하고 절대 쓸 수 없을 것 같기도 한데 순간 고개를 들면 세상에서 가장 오래 살았다던 올리브나무 아래였고 도자기로 만든 작은 절이었고 텅 빈 운동장이었고 희망목욕탕 옥상이었고 그

─ 리고 세상은 깜빡깜빡 자꾸만 찰나의 순간들이 반복되었고
변함없는 마음이 있기는 한 건지 생각하다 눈을 뜨면 다시
빈 노트 앞이었다

해설

미선 언니와 나
조대한(문학평론가)

'미선 언니'는 잘살고 있을까. 한여진의 첫번째 시집 『두
부를 구우면 겨울이 온다』를 덮자마자 처음 떠오른 상념은
그런 것이었다. 일하지 않아도 되는 열대의 나라로 가 망고
만 먹으며 살겠다던 미선 언니는 그곳에 무사히 도착했을
까. 남들보다 작은 키에 눈물점을 그렁그렁 달고 있던 그녀
는 "아무도 따라 부를 수 없는 노래를 부르고 적게 움직이
다 고독사로 죽고 싶"(「미선의 생활」)다던 당찬 다짐과는
달리 생면부지의 이국에서 홀로 외로움에 떨고 있진 않을
까. 말도 서투르고 "아무것도 할 줄 모르는 미선에게는 누
구도 관심을 주지 않"아 "새끼 고양이들이 서글피 우는 소
리를 들으며"(「미선의 반죽」) 그들과 함께 동그란 울음을
삼키고 있는 것은 아닐까. 물론 이런 것들은 다 기우에 불
과하고 낙천적인 미선 언니는 환대와 환희로 가득찬 그곳에
서 여기의 일 따윈 모두 잊은 채 "심심하면 어디서든 드러
누워 아무것도 하지 않"(「미선씨, 소식 없음」)거나 팔다 남
은 피자를 친구들과 나눠 먹으며 매일매일을 흥겨이 보내고
있을지도 모른다.

그런데 미선 언니가 떠나고 남은 '나'의 처지는 그리 좋아
보이지 않는다. 불안이 뒤섞인 기대일지언정 미지의 희망을
품고 있는 세계로 미선 언니가 나아간 반면, "모든 것은 매
뉴얼에 따라 진행"(「혁명과 소음」)되는 세상 속에 여전히
갇혀 있는 '나'는 무수했던 그간의 꿈들을 잃고 그저 자신의
쓸모를 증명하기 위해 살아가고 있는 듯하다. "노인들이 한

계절 내내 수놓은 꽃 자수 이불처럼/ 자비가 넘치고 애정이 흐르는 곳에" 도착했을 미선 언니와는 다르게 '나'는 "사방이 어두운 이곳"(「미선 언니」)에서 억지로 눈을 감고 뜨는 무채색의 하루를 반복한다. 아무것도 "들리지 않고 만져지지 않"는 듯한 사람들의 표정 없는 얼굴들과 일상의 단조로움만이 지속되는 이곳에서 '나' 역시 "아무 일도 일어나지 않은 것처럼"(「조사」) 애써 눈과 귀를 막는다.

이 같은 미선 언니와 '나'의 상반된 상황과 그들이 각기 속해 있는 세계의 특성을 통해 범박하나마 이 시집을 읽어낼 몇 개의 키워드를 뽑아볼 수 있을 것 같다. 하나는 '그곳'이라 이름 붙일 만한 곳이다. 그곳은 미선 언니가 꿈꾸던 열대의 나라처럼 지금 여기에 부재하거나 유예되어 있는 기대의 장소이다. 쉽게 가닿지 못하는 그곳은 이번 시집 속에서 이국적인 나라, 잃어버린 과거, 기억나지 않는 아름다운 꿈 등의 이미지로 나타난다. 다른 하나는 시적 주체인 '나'를 비롯하여 떠나지 못한 이들이 발 딛고 서 있는 '이곳'이다. 자의적 혹은 타의적 망각에 빠져 이곳에서 살아가는 우리들은 꿈의 편린과 찰나의 징후로만 저 너머의 세계를 감각할 수 있다. 가령 이런 모습들이다.

너는 바다 구경이라면 아주 원 없이 하고 있다고, (……)
어쩜 이렇게 매 순간의 바다가 다 다를까, 처음에는 무슨
말인지 몰랐던 것을 이제는 알 것 같다고 말했다 추자도가

어디에 있는지도 모르는 나는 섬을 떠나면 꼭 다시 이곳으로 돌아오라고 꼭 다시 만나서 추자도에서 보낸 날들에 대해 들려달라고 그때가 되면 나도 내 이야기를 들려주겠다고 약속했다 그런데 며칠이 지나고 네가 있다던 섬 이름이 가거도인지 흑산도인지 이어도인지 나는 가물가물하고 너에게 전화를 해야지, 그런데 너의 이름이 기억나질 않고, 그런데 너는 왜 그곳까지 가야만 했던 것일까 네가 돌아오기는 할까

—「추자도에서」 부분

아이들 웃음소리가 축축하게 퍼지던 어느 봄
우리들이 소풍 나간 이후로도 하루 이틀 석 달 삼 년 그러고도 한참의 시간이 흘렀다는데
나는 푸석하고 불행한 얼굴로 홀로 돌아왔다

오전 여덟시 사십분에 자리에 앉아 모니터를 켜고 칫솔과 치약을 찾았다
간밤의 이메일에 답장을 하고 표정 없는 얼굴로 성과와 효율에 대해 말했다
백과사전을 중고 책방에 팔았다 '공룡의 멸종'편은 마지막까지 고민했지만 결국 온전한 세트가 돈을 더 받는다는 책방 주인의 말을 들었다
썩어버린 이를 뽑고 보험 처리를 했다

나머지 아이들은 어디에 있냐고
그동안 무슨 일이 있었냐고
사람들이 물었을 때 나는

그게 다 무슨 소리냐는 표정으로 침을
퉤, 뱉었고

이런 아이와 저런 아이로
남는 데 실패한 사람들은 말없이 모여앉아
뜨거운 커피를 후후 불어 마셨다

                     —「다른 나라에서」부분

「추자도에서」는 미선 언니처럼 이 도시를 떠나 어딘가에
도착한 '너'의 이야기를 그리고 있다. '너'는 영화를 찍기 위
해, 정확히는 사람도 내용도 없이 바다만 가득 나오는 장면
들을 카메라에 담기 위해 추자도에 가 있다. '너'는 그곳에
서 "새벽 바다"부터 "깊은 밤 한 치 앞도 안 보이는 바다"에
이르기까지 갖가지 모양의 바다를 보았다고 '나'에게 말한
다. 추자도가 어디에 있는지도 모르고 다채로운 바다의 모
습도 쉬이 그려지지 않는 '나'는 "섬을 떠나면 꼭 다시 이곳
으로 돌아오라고", "꼭 다시 만나서 추자도에서 보낸 날들
에 대해 들려달라고" 당부와 약속의 말을 건넨다. 하지만 무

슨 이유에서인지 어느새 '나'는 '너'가 머물고 있다는 섬의 명칭도, 심지어 '너'의 이름조차도 기억하지 못하게 된다. '나'는 알 수 없는 불안감에 떨며 떠나간 '너'를 생각한다.

현실에 파묻혀 중요한 무언가를 잃어버린 '나'의 모습은 「다른 나라에서」에서도 발견할 수 있다. 한때 아이였던 '나'는 친구들과 함께 '다른 나라에서' 살아가고 있었다. 그곳에서 아이들은 염소처럼 종이를 물어뜯거나 글자에 색깔을 입혀 제멋대로 발음하는 놀이를 했다. 익힌 당근의 식감이 싫어 퉤, 뱉어버리거나 이전 세계의 비밀을 간직한 소행성 충돌 이야기에 사로잡혀 종일 시간을 보내기도 했다. 한데 소풍을 간 듯 그곳에서 "하루 이틀 석 달 삼 년 그러고도 한참의 시간"을 보낸 '나'는 어째서인지 불행한 얼굴로 이곳에 홀로 돌아온다. 그렇게 '나'는 정해진 시간에 출근해 컴퓨터를 켜고, 메일에 답장을 하고, 충치 치료를 하고 보험금을 받는 어른이 되어버렸다. 세계의 마지막을 지켰던 공룡의 멸종 이야기는 이제 '나'에게 푼돈보다 못한 관심사로 변했다. "이런 아이와 저런 아이로/ 남는 데 실패한 사람들"과 함께 이곳에서 살아가는 '나'는 자칫 그 시절의 기억이라도 떠오를라치면 이물질을 뱉어내듯 영문 모를 "표정으로 침을/ 퉤, 뱉"는다.

이처럼 '나'가 있는 세계는 그곳에 머무는 일에 실패한 이들, 그러다 끝내 그곳을 잊어버린 이들이 모여 살아가는 곳에 가깝다. 그 반강제적인 망각은 '반복'이라는 시적 형식을 통해서도 잘 드러난다. 같은 구절이 돌림노래처럼 반복되는 몇몇 시편들 속에서 이곳은 서로에게 총을 겨누게 된 연유는 망실한 채 끊임없이 총성만이 울리는 세계(「화염」)로 표현된다. 이 같은 세계의 무의미한 반복 속에서 '나'는 삶의 이유와 같이 중요했던 무언가를 놓칠 수밖에 없다. "사람들이 자꾸만 짓고 자꾸만 만들고 자꾸만 낳고 자꾸만 먹어치워서 우리가 서로에게 진짜 하고 싶었던 말들"은 "자꾸만 뒤처"(「하지」)진다. '나'의 손에 쥐여 있었던 희미한 예감과 질문들은 하루하루 반복되는 이곳의 패턴 속에 묻혀 어느새 흔적도 없이 사라져버리고 만다.

　반면 '나'가 망각한, 또는 가닿지 못한 그 세계는 이곳과는 상반된 모습으로 그려진다. 그곳은 "순간 모든 것들이 멈추"(「테니스」)는 찰나에 드러나는 곳이다. 일상을 오고가는 무형물들의 랠리와 리듬이 잠시 정지할 때, "길을 거꾸로 달리거나 정해지지 않은 곳에서는 멈출 수 없는 기차"(「기차는 울산을 지나쳤다」)가 기이한 오작동을 일으킬 때, 그 "열차가 잠시 멈추고 기린이 없는 나라에서 온 사람들이 박수를"(「나이트 사파리」) 치며 환호성을 올릴 때, 설핏 잠에서 깬 '나'가 "기억나지 않는 소원"(「박태기나무 아래서 벌어진 일」)을 기적처럼 떠올릴 때 그곳은 현현한다. 물론 얼마 지나지 않아 기차는 다시 정해진 목적지를 향해 출발할 것이고 세계의 거대한 흐름과 속도에 묻혀 '나'의 기억은 '초기화'되고 말 것이다. 그럼에도 '나'는 사라지는 그곳과 떠나간 친구들의 기억을 완전히 놓아버리지는 못한다. 어째서 '나'는 그것들을 자꾸만 떠올리게 되는 걸까. 돌아오지 못한 미선 언니와 '나'가 잃어버린 수많은 친구들은 언젠가는 끝나버릴 여행을 왜 자꾸 시작하는 것일까. 떠나간 그곳에서 그들은 대체 무엇을 하고 있을까.

*

그 무엇도 단언할 수는 없지만 여러 작품들에서 공통적으로 발견되는 어떤 경향성을 바탕으로 그에 대한 일말의 추측은 가능할 듯싶다. 『두부를 구우면 겨울이 온다』에서 인물들이 꿈꾸고 바라는 이상향의 '그곳'은 과거 세대, 혹은 아름다운 이전 시절의 이야기와 깊이 연관되어 있다.

예컨대 「어떤 공동체」에는 "양과 함께 살던 그 시절"을 추억하는 '나'가 등장한다. 그 시절의 '나'와 친구들은 양처럼 걷고 잠들며 스스로 양이 되길 바랐던 "그런 어리석은 종교"에 속해 있었다. 하지만 양을 객체로 대하도록 가르치는 학교와 '나'와 친구들을 이상하게 바라보는 사회적 시선 때문에 그 믿음과 신앙은 조금씩 옅어져갔다. 이 세계는 "마음을 편안하게 해준"다는 말로 "단순노동"과 "몸 쓰는 일"을 권장하며 그들의 마음에 이상한 생각이 자라나는 것을 경계하는 듯했다. 이제 '나'는 잠이 들었을 때에만 양의 모습을 그릴 수 있다. 가끔 바람 너머 전해지는 이상한 간지러

움과 어떤 징조들을 느끼더라도 이내 놓쳐버리고 만다. "마을에 남은 여덟 명의 노인들"만이 모두가 잃어버린 기억과 "좋았던 시절"에 대한 이야기를 회한처럼 늘어놓을 뿐이다.

이러한 풍경은 이 시에서만 나타나는 것이 아니라 시인이 그리는 세계의 모습을 대변하는 것이기도 하다. 지금 이곳의 문법에 갇힌 인물들이 애써 회구하는 활로의 열쇠가 미래가 아닌 지나온 과거의 시공간에 있다는 점은 의미심장하다. 이처럼 『두부를 구우면 겨울이 온다』에서는 지나간 시절에 대한 애호와 향수, 미선 언니를 포함한 위 세대를 향한 애틋한 감정을 어렵지 않게 찾아낼 수 있다. 우리에게 남은 것은 과거뿐이라 말하는 '나'는 낡아빠진 87년식 오토 밴을 최고라 여기고(「목적지를 입력하세요」), 천진하게도 썩은 동아줄을 믿으며 떡 하나 주면 안 잡아먹는다던 동화 속 호랑이를 여전히 좋아한다(「초기화」). 충정로와 을지로에 있는 세련된 건물들보다는 칠이 다 벗어진 오래된 아파트와 중국집에 저도 모르게 마음이 이끌리기도 한다(「신(scene)」).

「솥」 역시 이전 세대와 시절에 관한 애달픈 감정이 잘 형상화되어 있는 작품이다. 시에서 주요한 공간으로 등장하는 '솥'은 '나'의 큰할머니와 할머니와 엄마가 태어난 곳이자 "우리 가문의 자랑"이지만 동시에 그들의 목숨을 앗아간 곳이기도 하다. "이모는 솥뚜껑에 맞아 죽었"고 "언니는 솥 아래서 불타 연기가 되었다". 그에 대한 반발심 때문인지 '나'는 아무리 들여다보아도 그 속을 명확히 이해할 수 없는 솥을 내버려둔 채 부러 그와 관련없는 것들, "이모와 언니가 아닌 것들"에 대해서만 쓰고자 한다. 하지만 그럴수록 오히려 솥에서 스러져간 존재들과 죽은 언니만이 '나'의 주변을 맴돌고, 결국 '나'는 그 안에 매여 있을 수밖에 없음을, "나는 솥에서 태어나 솥을 맴돌며 솥으로 돌아갈 사람"이며 모든 "어른들이 도망가면 그 뒷모습을 지켜보"다 끝내 그 자리를 지키고 서 있을 사람이라는 것을 자인하게 된다.

위 세대의 울타리 바깥에 있을 무언가를 꿈꾸다 실패를 경험하고 결국 고향과도 같은 과거의 시공간으로 귀환하게 된다는 점, 엄마, 이모, 큰할머니, 할머니, 언니 등 여성 인물들을 통해 그곳과 연결된다는 점, 그들 중 상당수가 억압과 폭력의 희생자였다는 점 등으로 미루어볼 때 '나'는 아마도 그들의 얼룩진 삶을 기억하고 그를 승계하려는 듯 보인다. 그렇다면 부당한 폭력의 피해자였던 그들의 삶을 기록하고 연대의 감정을 공유하는 것으로 일련의 해석을 끝마치면 될 듯싶은데, 시인의 작품에 남아 있는 어떤 불화와 긴장들이 그런 손쉬운 종결을 망설이게 만든다.

(끝없이 울리는 총성)

내가 죽인 골덴 치마
내가 죽인 공깃돌

내가 죽인 하얀 레이스 피아노 덮개
내가 죽인 은평구 구산동
내가 죽인 이층 여자 화장실
내가 죽인 비디오 스타
내가 죽인 옆집 언니
내가 죽인 여자들 그리고
내가 죽이지 못한 나
나는 어떻게든 죽지 않는다

내가 죽인 할머니가 나타나 깔깔 웃는다
내가 죽인 엄마가 내 머리를 양 갈래로 땋는다
내가 죽인 고모가 팔짱을 낀다
네가 죽는다니, 우리는 널 절대 그렇게 두지 않을 거란다

그리고 나는 계속 자랐다
내가 죽인 할머니의 이불과 냄비를 물려받아 쓰며 내가
죽인 엄마의 가계부와 춘란을 받아 키우며 내가 죽인 고
모의 연애편지와 추리소설들을 찾아 읽으며
　　　　　　　　　　　　　　　　　—「캐넌」 부분

미래, 라고 가만히 발음하면
집 나간 엄마랑 고모랑 할머니가 떠오른다

경제는 앞으로도 좋아지지 않을 거라는 뉴스를 보며
다 먹었니? 삼촌은 졸린 눈을 비볐다

불어터진 면발만 남은 우동 그릇 앞에서
우리 조금만 쉬었다 가자고 말하지 않았지

그날 삼촌의 트럭은 뒤집어지고 불타올랐다
매일을 수년을 다니던 도로인데도 그랬다

아무래도 익숙해지지 않는 것이 있다
가령, 혼자 살아남았다는 사실 같은 것

(……)

가로등, 켜지고 꺼지고 수없이 반복될 때
어느 날에는 차에 치인 고라니를 갓길로 끌고 가 웃옷
을 덮어주었다

그때 저 멀리서 새끼 고라니 한 마리가 이쪽을 바라보
고 있었고
나는 속으로 그애에게 미래라는 이름을 붙였는데

조그마한 귀를 펄럭이며 이쪽을 바라보던 미래가

이내 몸을 돌리더니 절뚝이며 멀리 뛰어가기 시작했다
　　　　　　　　—「영동고속도로 끝에는 미래가」 부분

　「캐넌」의 '나'는 끝없이 총성이 울리는 세상의 한가운데
서 누군가를 잔뜩 죽이며 살아왔다. 살해한 대상은 언니, 엄
마, 고모, 할머니 등 위 세대의 여성들이거나 그들이 향유하
던 여러 물품 및 장소들이다. '나'는 그들의 유산을 물려받
고 그들의 생명을 영양분 삼아 자라난 존재처럼 보인다. 다
만 그것이 혜택으로만 작용하는 것은 아니다. '나'는 자신이
죽인 이들을 떠올릴 때마다 치솟는 좌절과 원망에도 불구하
고 스스로 목숨을 끊지 못한다. '나'를 살찌운 그들이 사랑
과 원한을 지닌 과거의 망령이 되어 '나'의 등을 떠받치고
있는 까닭이다. "네가 죽는다니, 우리는 널 절대 그렇게 두
지 않을 거란다".
　그들은 '나'가 사랑했던 시절 그 자체인 동시에 '나'가 없
애고 살해했던 과거의 시간이기도 하다. 이와 관련하여 「영
동고속도로 끝에는 미래가」는 자못 흥미롭게 읽힌다. 작품
속의 '나'는 무슨 이유에서인지 안전봉을 들고 노란 조끼를
착용한 채 영동고속도로 위에 서 있다. "앞으로만 달릴 줄"
아는 수많은 차들이 '나'의 옆을 지나간다. 왜 하필 영동고
속도로인지 명확히 알 수는 없으나 아마도 그곳은 삼촌의
트럭에 올라탄 '나'가 그와 함께 긴 시간을 보낸 곳인 듯싶
다. 불어터진 우동을 먹으며 자라난 도로 위에서 삼촌은 사

고로 유명을 달리했다. "매일을 수년을 다니던 도로"에서 "삼촌의 트럭은 뒤집어지고 불타올랐다". 그러니 그 도로는 '나'에게 성장의 시간이 담긴 추억의 장소인 동시에 "언제나 들이받고 싶은 것들로 가득"한 울분의 장소였을 것이다.

언니와 이모 등을 살해하고 홀로 살아남은 「캐넌」의 화자와 마찬가지로 「영동고속도로 끝에는 미래가」의 '나' 역시 그렇게 "혼자 살아남"아 도로 위에 서 있다. '나'에게 남은 삶은 희망과 설렘이 가득한 가능성의 시간이라기보다는 "켜지고 꺼지고 수없이 반복될" 가로등의 점멸처럼 지치도록 되풀이될 시간일 뿐이다. 부모를 잃은 채로 절뚝이며 뛰어가는 새끼 고라니의 모습은 그 막막함을 더욱 가중시킨다. 그런데 이때 의아하게 여겨지는 것은 미래를 서술하는 다음과 같은 '나'의 발화이다. "미래, 라고 가만히 발음하면/ 집 나간 엄마랑 고모랑 할머니가 떠오른다". 언뜻 집을 나간 그녀들의 암담했던 삶과 자신의 미래를 겹쳐놓는 듯 보이는 이 문장은 정말 그저 단순히 '딸은 엄마 팔자를 닮는다'는 씁쓸하고 오래된 세속적 운명론을 나타내는 것에 불과한 것일까.

미래와 과거가 겹치는 이 불가해한 문장을 보다 면밀히 읽어내기 위해 또다른 시들을 참조해볼 필요가 있다. 앞서 살펴보았듯 과거에 대한 애호가 두드러지는 이 시집에서 '미래'라는 시어가 직접 등장하는 작품은 위의 시를 제하고는 단 세 편뿐이다. 그중 하나인 「목적지를 입력하세요」에는 덜컹거리는 오토 밴을 타고 끝없는 도로 위를 달리는 '너'와 '나'의 모습이 펼쳐져 있다. '나'는 "우리에게 과거가 아닌/ 미래가 있었더라면" 좋았으리라고 말하지만, 이때의 '미래' 란 인간의 등에 달리면 좋았을 날개처럼 공상의 영역에 놓인 무엇인 듯하다. 실제 '너'와 '나'에게 주어진 것은 '우리'를 떠받치고 있는 "과거"와 "두 발"뿐이다. 끝나지 않는 도로를 달리고 달리다 늙고 병이 든 '너'와 '나'는 어느덧 "세상의 끝"에 도착한다. 그곳에서 그들이 마주하는 것은 낯설고 생경한 풍경이 아닌 "낡고 허름한 목욕탕 하나"이다.

한편 「제목 없는 나의 노래와 시와 그림과 소설」에는 혼자 오래 살았다던 남자가 한 명 등장한다. 남자는 자신이 만든 세계 속에서 모든 삶과 죽음, 시와 노래를 독점하며 살아왔다. 한때 '나'는 그에게 감화되어 그런 세계의 작품만을 꿈꿔왔지만, 그곳이 "내가 숨쉴 수 없는" "공허와 폐허"의 공간임을 깨닫고 난 후 그 세계에 없는 "남자 아닌" 존재들, "남자 아닌 여자"들을 그리는 꿈을 꾸게 된다. 대문자 역사에 "기록되지 못한 것들"에게 새로운 이름을 붙여주는 일, "오래 살았다는 남자를 찾아가 그에게 손을 내밀고 나만의 방식으로 그의 이름을 지어주"는 일이 스스로 꿈꾸는 "나의 미래"의 모습이다.

이 다채로운 작품들 속에서 시간에 대한 일정한 사유를 추출해내는 것은 쉽지 않은 일이나, 적어도 다음의 두 가지는 확실한 것 같다. 하나는 '솥'이나 '오래 살았다던 남자'로 대표되는 일견 부정적이라 여겨지는 과거까지도 시인은 모두 끌어안고 있다는 점이고, 다른 하나는 무엇보다 작품에서 그려지는 '미래'가 떠나간 엄마와 언니, 낡고 오래된 목욕탕, 기록되지 못하거나 이름을 갖지 못한 사람들처럼 과거의 장소 및 존재와 직접적으로 맞닿아 있다는 점이다. 어쩌면 시인에게 감각되는 미래란 우리가 흔히 떠올리는 훗날의 시간이라기보다는, 아직 오지 못한[未來] 과거의 시간을 의미하는 것이 아닐까. 그것은 이미 도착했음에도 미처 알아차리지 못했던 시간과 오랫동안 솥의 울타리 안에서 피어나지 못했던 언니의 "너무 아까운 미소"(「솥」)처럼, 실현되지 못하고 이 세계에 파묻혀버린 과거 존재들의 어떤 가능성을 가리키는 듯싶다.

그러니 미선 언니와 '나'의 모습이 너무나도 닮아 동생들이 자주 헷갈려 한 일이나, 미선 언니에 대한 '나'의 회상이 "키는 작았을 것이다" "눈물점이 있었을 것이다" "모든 단어의 두번째나 세번째 음절에서 새는 소리가 났을 것이다"(「미선 언니」)와 같이 불분명한 추측의 시제로 쓰인 일, 돌아오지 않을 미선 언니의 미래와 기억나지 않는 어린 시절 꼬마의 마음이 묘하게 겹친 일들이 이제야 조금 이해가 간다. 그곳으로 떠난 미선 언니의 미래와 '나'의 잃어버린 과거는 서로 맞닿아 있는 것이다. "빵 굽는 미선" "나무하는 미선" "시 쓰는 미선" "맨발의 미선" "아무것도 할 줄 모르는 미선"(「미선의 반죽」)은 여러 형태로 존재했을 '나'의 또다른 잠재태들인지도 모르겠다.

한나 아렌트는 르네 샤르의 시를 언급하며 유언장 없이 도착한 과거의 유산에 관해 이야기한다.* 유산의 미래 용도를 지정하는 유언장이 함께 도착하지 못한 이유는 기억의 실패와 명명의 부재 탓이라고, 주인 없는 과거의 유산은 그것을 계승하고 그에 대해 질문하는 사람들의 정신 속에서만 완성될 수 있다고 아렌트는 말한다. 잊혀진 기억의 실마리를 끈질기게 붙들고 미처 기록되지 못한 자들에게 이름을 붙여주려는 한여진 시인이야말로 무명의 위 세대들이 남긴 유산의 정당한 계승자일 것이다. 그 미래와 과거가 충돌하는 틈바구니 속에서, 아직 도착하지 못한 존재들과 실패한 기억의 흔적 위에서, "내가 잊어버린 것"과 "네가 잊어버린 것// 사이의 간격"(「초기화」) 너머에서, "지나간 기록에 대한 기록"과 "앞으로 일어날 이야기들"(「제목 없는 나의 노래와 시와 그림과 소설」)이 겹쳐지는 바로 그곳에서 시인의 시는 시작되는 것 같다.

*

독특한 시간성에 더해 시인이 만들어내는 시적 장소의 특

---

* 한나 아렌트, 『과거와 미래 사이』, 서유경 옮김, 한길사, 2023, 80~82쪽 참조.

징에 대해서도 언급이 필요할 듯하다. 앞서 여러 작품들을
통해 간접적으로 살펴본 것처럼 '그곳'은 주로 잠든 시적 주
체가 경험하는 '꿈'의 형태로 그려진다. '나'는 '너'가 건네
준 열두 장의 달력에 꿈 이야기를 쓰려다 이내 잊어버리기
도 하고(「초기화」), 꿈과 산책 사이를 배회하다 세계의 사
물들이 깨지고 흘러내리는 경험을 하기도 한다(「테니스」).
기차를 타고 기린, 코뿔소, 호랑이 등 고요한 잠을 자는 여
러 동물들을 관람하거나(「나이트 사파리」), 혼자 오래 살았
다던 한 남자의 세계를 거울처럼 비추는 원숭이들의 꿈을
꾸기도 한다(「제목 없는 나의 노래와 시와 그림과 소설」).
　안타깝게도 그곳에서 만난 인물들과 경험한 이야기의 대
부분은 '나'가 잠에서 깨어 눈을 뜨는 순간 금세 사라져버린
다. "눈뜨면 재빨리 사라지는/ 푸른 눈을 가진 흰고래"(「기
다렸다는 듯 나타나는 밤은 없고」) 같이 그곳의 기억은 눈
안쪽의 잔상으로만 어슴푸레 남아 있다. 그곳은 온전히 눈
을 뜬 상태로는 도달할 수 없는, 이 세계에서 눈감고 나서야
목격할 수 있는 현실 너머의 장소로 그려진다.

　　하나의 단어,
　　그는 이제까지의 내 인생을 하나의 단어로 요구한다

　　그러니까 이런 것, 아침마다 눈을 뜨면 제일 먼저 떠오
르는 뭉게구름처럼 찬물 한잔으로 풀어지는 생각들, 삼십

년산 책장에 가득한 책들, 읽어본 것들과 앞으로도 읽지
않게 될 페이지들, 어떤 페이지에서는 도저히 멈출 수밖
에 없던 이유들, 이 모든 것들을 단 하나로,

　하지만 나는
　깨자마자 잊히는 내 꿈의 주인공
　멈춰버린 시계가 가리키는 시간
　입 밖으로 내어 말할 수 없는 끔찍한 상상들까지
　단 하나일 수 없는 나

　그리고 다시 넘쳐나는 생각과 생각들, 코와 입과 눈 밖
으로 흘러내리고 지금도 흘러내리는 중인 보이지 않는 생
각들이 매일 밤마다 나를 덮치고 그것들과 싸워 이기면 건
강한 내가 되고 그러지 못한 날에는 세상 모든 것들이 건
강할 필요가 없다는 생각을 하며 잠에 드는 나를,
　　　　　　　　　　　　　　　　　　　　—「인터뷰」 부분

　위 시편에서 '나'는 인터뷰를 진행중이다. '나'는 그에게
서 스스로를 하나의 단어로 표현해보라는 질문을 받는다.
그 요구는 너무나도 단순해서 오히려 '나'를 괴롭게 만든다.
수많은 '나'와 "매일 밤마다 나를 덮치"는 꿈과 상념들, "아
침마다 눈을 뜨면 제일 먼저 떠오르는 뭉게구름처럼" 금방
다시 흩어지는 생각들을 손쉽게 한 단어로 축약할 수는 없

기 때문이다. 이 세계에서 살아가기 위해선 스스로의 쓸모를 증명해야 하고 이곳의 속도에 몸을 맞춰야 하지만, '나'는 "두고 온 것들에게 자꾸 마음이 가서 때때로 멈출 수밖에 없는 사람"이자 "멈춰버린 시계가 가리키는 시간" 위에 끝끝내 머무르는 자이기에 이 세상에서 자꾸만 조금씩 뒤로 밀려나게 된다.

결국 '나'는 이곳의 문법과 규격에 자신을 맞추는 것을 포기하고, 여기저기에서 훔쳐온 문장들과 자신 안에서 무수히 흐르는 단어들을 빌려 "깨자마자 잊히는 내 꿈"에 대해 쓰기 시작한다. 그 기록은 시와 소설이기도 하고 캔버스에 적힌 그림이기도 하며, 때로는 스크린에 담긴 영화가 되기도 한다. 그 작품들은 "하얀 것들이 펄펄 내리"(「소설가」)거나 "온통 하얀 창밖과/ 하얗게 뒤덮인 사람들이 오고가는 풍경"(「두부를 구우면 겨울이 온다」)처럼 대개 하얀 겨울과 연결돼 있다. 짐작건대 쌓이는 눈과 고요한 겨울의 이미지가 무의미하게 흘러가는 세계를 일순간 정지시키는 일과 어울려서인 듯싶다.

무엇보다 중요한 것은 이 작품들이 단순히 지난 기록에 불과한 것이 아니라 꿈과 현실을 뒤섞는 매개로 작동한다는 점이다. 그 작품들은 이곳의 질서를 뒤흔들어 양쪽 세계를 잠시 겹쳐놓기도 한다. 「밤 친구」에는 '나'가 겪은 이상한 하루 일과가 적혀 있다. '나'는 북한산을 걷다가 '멧돼지 출몰 주의'라고 표기된 안내판을 마주하고, 만나본 적 없는

멧돼지에 대해 여러 가지 상상을 펼치며 "어쩌면 아주 위험
할 수도 있"고 어쩌면 매우 "유쾌할 수도 있"는 미지의 존재
와의 조우를 그리다 까무룩 잠이 들고 만다. '나'가 눈을 뜨
자 "옆에서 무언가를 쓰고 있었"던 '당신'이 "잠든 사이 친
구가 왔"다는 소식을 건네고, 바깥에선 정체를 알 수 없는
"대문 긁는 소리"가 들려온다. '당신'이 쓰고 있는 글과 '나'
가 꾼 꿈이 멧돼지에 관한 것인지, 아니면 무언가가 대문을
긁어대는 소리 탓에 선잠에 든 '나'가 그런 꿈을 꾸게 된 것
인지 확실히 알 수는 없지만, 쓰기를 매개로 꿈과 현실의 경
계는 잠시 무화되고 조금씩 서로의 영역이 뒤섞이게 된다.
   하지만 그러한 뒤섞임과 만남은 언제나 실현 직전에 중단
된다. 가령 「초기화」에서 '나'는 노트 앞에 앉아 시를 쓰려
던 찰나 유리창이 깨지고, 행인이 쓰러지고, 배달 기사가 찾
아와 시킨 적도 없는 짜장면을 내밀며, 공무원이 찾아와 누
수를 잡아야 한다고 주장하는 상황을 연이어 경험한다. 결
국 나는 아무것도 쓰지 못한 채 빈 노트를 마주하는데, 이처
럼 글쓰기를 통한 두 세계의 합일은 손쉽게 이뤄지지 않고
그 순간은 대부분 파국의 이미지로 그려진다.

   겨울이 도착하고 있다
   얼었다 녹고
   다시 얼어버리는 눈
   미끄러지는 사람들

나는 순간 황홀해진다
눈밭 속에
홀로 절이 서 있다

하얀 문과 검은 지붕
검은 지붕 위 쌓여가는
하얀 눈
정지한 세상
고요하고 무궁하게

내가 찾는 것
무엇이었다가 곧 아무것이 되는 그것은 불빛 그것은 굴
러가는 토마토 그것은 이국의 사람들이 마시는 뜨거운 홍
차 그것은 향기 그것은 허기 그것은 치통 그것은 늙은 개
의 얼굴 그것은 울리지 않는 전화벨 그것에 손을 가져가
면 순간 사정없이 깨어져

무수히 많은 파편들은
흐르고 넘어지고 흐르고 슬프고 흐르고 흐른 채 나에
게 도달한다
눈을 질끈 감는다
                          —「검은 절 하얀 꿈」부분

위 시편에서 '나'는 무언가를 찾아 헤매고 있다. '나'는 자신이 찾는 무언가가 검은 절에 있을 거라는 이야기를 듣고 애써 먼길을 걸어 그곳에 도착한다. 하지만 탐색의 여정이 그곳에서 성공리에 끝났다고 말하기는 어려울 것 같다. '나'가 찾는 것은 분명 절 안에 있지만 그것이 무엇인지 명료히 제시되지는 않는다. 아니 정확히 말하자면 그것은 "무엇이었다가 곧 아무것도 아닌 것이 되"어버리고 만다. 그것은 "이 절을 지키는 사람"도, "절 뒷마당에 있는 연못"도, "연못에 기울어진 버드나무도 아니다". 단지 "기울어진 버드나무를 더 기울게 만드는 무엇"이라고 어렴풋이 말해질 뿐이다.

플로티노스로부터 시작된 부정신학(theologia negativa)의 사유는 이처럼 형용 불가능한 대상을 표현하고 이해하는 데 도움을 준다. 그에 따르면 인간의 언어와 인지로서 설명될 수 없는 존재는 '~가 아니다'와 같은 제한적인 부정의 방식으로만 그 특성의 일부가 서술될 수 있다. 즉 신의 전지전능함과 영원불멸함은 유한한 시간과 능력을 지닌 인간의 부정태로서만 상상될 수 있고, 형이하학의 물질세계에서 그를 그리려고 하는 모든 시도는 실패로 돌아갈 수밖에 없다는 것이다. 이 시에서 '나'가 찾고 있는 것 또한 짐작과 예감 속에서만 실재하며, 뚜렷한 형태를 취하려 하는 순간 곧 아무것도 아닌 것으로 화하고 만다.

그것은 '나'가 직접 잡아보려 "손을 가져가면 순간 사정 없이 깨어져"버린다. '나'가 찾는 그 대상은 유한한 언어와 현실의 시간이 잠시 "정지한 세상" 속에서만, "고요하고 무궁"한 아름다움의 찰나 속에서만 엿볼 수 있는 무엇인 듯싶다. "그것은 불빛"이거나 "굴러가는 토마토"의 빛깔이고 "이국의 사람들이 마시는 뜨거운 홍차"의 입김이며 "늙은 개의 얼굴"에서 언뜻 비치는 무료한 통증이기도 하다. 아직 도착하지 않은 예감 안에서만 존재하는 그것은 대면하는 즉시 신기루처럼 흩어질 테지만, 그럼에도 분명 있다고 말할 수밖에 없는 무언가이다.

도착과 종결이 한없이 유예될 때 자라나는 상상과 그리움과 결핍과 불행이 무언가를 지속하는 "우리의 힘"(「Beauty and Terror」)에 해당한다면, 「가을과 겻」에서 도둑이 훔쳐 간 무의 행방이 밝혀지지 않는 한 그를 향한 '나'의 마음은 한없이 커질 수 있을 것이다. 「Beauty and Terror」에서 '우리'가 그의 머리를 직접 내려치지 않는 한 언젠가 그에게 약속된 결말이 닥칠 때까지 '우리'의 분노와 인내는 계속 증식될 수 있을 것이다. "해피 엔딩은 믿을 수가 없"(「미선의 생활」)다던 미선 언니는 아마도 다시는 돌아오지 않을 것이다. '우리'에게 실로 두려운 것은 끝도 없이 펼쳐진 막막한 현실이 아니라, 모든 가능성이 다 사라진 채로 너절하게 모습을 드러낸 미래가 아닐까. 그렇기에 시인은 과거의 기억들을 붙잡고 닫힌 엔딩을 거부한 채 초기화된 첫 문장으로 자꾸만 되돌아가려는 것 같다.

우리 역시 처음으로 돌아가보자. 열대의 나라를 찾아 떠난 미선 언니는 지금쯤 어디를 향해 가고 있을까. 어쩌면 망고도 열대과일도 모두 다 질려서 누구도 알지 못하는 새로운 나라로 여행을 떠났을지도 모르겠다. 그렇게 언제나 "미선씨는 지금도 어디론가 계속 떠나는 중"(「미선씨, 소식 없음」)일 것이고, '나'는 그런 미선 언니의 모습을 습관처럼 생각하게 될 것이다. 그 무용한 그리움과 기다림의 시간만큼 미선 언니를 생각하는 상상의 체적은 더욱 커져갈 것이다. 그리고 이는 '나'에게 반복되는 세계의 패턴을 바꾸고 하루하루를 버티게 해줄 힘이 되어줄 것이다. '시 쓰는 미선'의 말을 빌리자면 아마도 그것은 각자의 자리에서 "서로를 끌어당기는 고독의 힘"(「미선의 반죽」)일 것이다.

혹 어젯밤 잠자리에서 뒤척이다 뭔가 찝찝한 꿈을 꾸었다면, 꿈속에서 "검정 방울뱀"과 "지리산 반달가슴곰"과 "자바공작새"와 "조선 호랑이"(「초기화」)가 당신에게 말을 걸었다면, 도시를 걷다가 문득 오래된 건물 앞에 멈춰 서서 갑작스레 동그란 눈물을 툭 떨어뜨리게 되었다면, 잘 기억나지 않는 그곳의 풍경을 하나씩 노트에 그려보아도 좋겠다. 일상의 반복과 빠른 속도에 밀려 기이한 예감과 징후들은 곧 흩어지겠지만, 불현듯 잊혀진 도시의 풍광이 떠오르거나 "분명 어딘가 익숙하면서 낯설"(「내일 날씨」)던 이들의 얼굴과 이야기를 기억하게 될 수도 있다. 그러다보면 어느새

149

우리도 "오르시에르 오르시에르 앙트르몽 앙트르몽"(「미선 언니」) 하고 콧노래를 흥얼거리며 지금도 어딘가로 떠나고 있을 미선 언니의 발자국을 마주하게 될지도 모를 일이다.

한여진 2019년 문학동네신인상으로 등단했다.

문학동네시인선 201
두부를 구우면 겨울이 온다
ⓒ 한여진 2023

1판 1쇄 2023년 10월 19일
1판 5쇄 2024년 12월 3일

지은이 | 한여진
책임편집 | 오윤
편집 | 김내리
디자인 | 수류산방(樹流山房) 본문 디자인 | 김하얀
저작권 | 박지영 형소진 최은진 오서영
마케팅 | 정민호 서지화 한민아 이민경 왕지경 정유진 정경주 김수인 김혜원
김예진
브랜딩 | 함유지 함근아 박민재 김희숙 이송이 김하연 박다솔 조다현 배진성
제작 | 강신은 김동욱 이순호
제작처 | 영신사

펴낸곳 | (주)문학동네
펴낸이 | 김소영
출판등록 | 1993년 10월 22일 제2003-000045호
주소 | 10881 경기도 파주시 회동길 210
전자우편 | editor@munhak.com
대표전화 | 031) 955-8888 팩스 | 031) 955-8855
문의전화 | 031) 955-2696(마케팅), 031) 955-8864(편집)
문학동네카페 | http://cafe.naver.com/mhdn
인스타그램 | @munhakdongne 트위터 | @munhakdongne
북클럽문학동네 | http://bookclubmunhak.com

ISBN 978-89-546-9777-4 03810

* 이 책은 서울특별시, 서울문화재단 '2021년 첫 책 발간 지원사업'의 지원을 받아 발간
되었습니다.
* 이 책의 판권은 지은이와 문학동네에 있습니다. 이 책 내용의 전부 또는 일부를 재사용
하려면 반드시 양측의 서면 동의를 받아야 합니다.

잘못된 책은 구입하신 서점에서 교환해드립니다.
기타 교환 문의: 031) 955-2661, 3580

www.munhak.com

문학동네